# सिसकती मोहब्बत

उपन्यास

डॉ. तारा सिंह

# सिसकती मोहब्बत

## उपन्यास

Author: Dr. Tara Singh

Publishing Date: 08 June 2023

Copyright©: Dr. Tara Singh



Publisher: Swargvibha Publishing House

Publisher Address: A-1601, Seaqueen Heritage, Plot-6, Sector-18, Sanpada, Navi Mumbai, Maharashtra, Pincode-400705, India

# अपनी बात

'सिसकती मोहब्बत' उपन्यास मेरी तीसरी उत्थान की परिचायिका है| इसके पहले, 'दूसरी औरत' तथा 'जिन्दगी,बेवफा मैं नहीं', आपके समक्ष प्रस्तुत कर चुकी हूँ| जिन्हें आपने भरपूर प्यार दिया और सराहा भी| आज उसी प्यार का अवलंब लेकर, मैंने अपना तीसरा उपन्यास 'सिसकती मोहब्बत', अपने हृदय वेग के साथ कल्पना का रंग देकर, उसे मानवीय पोशाक पहनाकर धरातल पर उतारकर आपके समक्ष ला खड़ा किया है| मैं इस प्रयास में कहाँ तक सफल हुई हूँ, एक रचनाकार के लिए यह बताना नामुमकिन है| इसे तो आप पाठकों को ही जज करना होगा, क्योंकि आप पाठक मेरे जज हैं| पर जरूरी नहीं कि जज द्वारा हर बार की तरह,इस बार भी फैसला मेरे पक्ष में हो; फैसला जो भी होगा, शिरोधार्य होगा|

सिसकती मोहब्बत में प्रेम के विभिन्न अनुभवों की एक जीवंत कहानी है| कहते हैं, एक रचनाकार की आत्मा में, जब तक पर देह में प्रवेश नहीं करता, अर्थात् कहानी के भिन्न-भिन्न पात्र के चरित्र की जगह कथाकार खुद नहीं जीता; तब तक योग्य शैली पद्धति और भावाभिव्यक्ति को कुशलता से प्रस्तुत नहीं कर सकता|

आज जीवन की गति इतनी तीव्र हो गई है कि उसके प्रभाव से मनुष्य का सम्पूर्ण व्यक्तित्व चटख चुका है, उसके चिंतन में दरारें पड़ गई हैं, कर्म दुविधाग्रस्त हो गया है| इस उपन्यास में, प्रेम से उत्पन्न निराशा, बेबफाई की वेदना,वियोग की तड़प आदि के अलावा, मंगल की भावना, तो दुःख के अंत की कामना भी है, जो प्रेम को उदार बनाती है| इस तरह प्रेम की दृष्टि से, सिसकती मोहब्बत को हम एक स्वस्थ उपन्यास कह सकते हैं| कहानी में कुछ दूर बढ़ने पर, विस्मय, जिज्ञासा या अनंत के प्रति प्रेम का भाव भी है, अर्थात मोहब्बत मेरी नजर में एक विरह उपन्यास है| जिसका आरंभिक अंश लगभग वियोग श्रृंगार की तरह है, तथा जीवन युग संघर्ष के अनेक रूपों को मैंने इस उपन्यास में प्रस्तुत करने का प्रयास किया है| कहानी के पात्र और पात्री का पुत्र सोनू का अचानक गंभीर रूप से बीमार पड़ना, फिर भी एक पिता का अपना सर्वाधिक दायित्व को न निभा पाना, मैं समझती हूँ, एक रचनाकार, अपने ही भीतर किसी काल्पनिक सत्य का जाल नहीं बुनता, बल्कि उसकी अंतर्दृष्टि काल के अभ्यंतर या विश्व मानस में चल रही सूक्ष्म शक्तियों की क्रीड़ा के प्रति उसकी सजग दृष्टि जो देखती है| उसी सत्य को अपने अनुभव की वाणी में गूँथकर लोक-मानस के सम्मुख रखता है|


मेरी प्रेरणा का स्रोत निस्संदेह, आदि शक्ति भगवती रही है| उन्हीं की कृपा के प्रकाश में, मैंने वाह्य को ग्रहणकर आत्मसात किया है| मैं अत्यंत नम्रतापूर्वक उनके प्रति अपनी कृतज्ञता प्रकट करती हूँ जिनके चरणों के नीचे मेरा तपोवन है, जहाँ बैठकर मैं साहित्य

साधिका के रूप में तप करती आ रही हूँ| मेरी रचना की कुंजी उन्हीं के पास है|


अंत में मेरा आप प्रिय पाठकों से निवेदन है कि इस उपन्यास के रूप में प्रस्तुत, अपने विचारों, विश्वासों तथा जीवन-मान्यताओं की त्रुटियों एवं कमियों के लिये मुझे क्षमा करेंगे| फिर मिलूँगी, एक नई रचना के साथ|

-तारा सिंह

# सिसकती मोहब्बत

हिमालय के पर्वत श्रेणियों के बीच एक छोटा सा गाँव है, शीतलापुर| बड़ा ही रमणीय गाँव है, गाँव के बीचोबीच, किसी युवती की भाँति अठखेलियाँ करती, इतराती, मदमस्त होकर गाती, बलखाती उछलती, गंगा बहती है| इस गाँव के लोगों का जीवनोपर्जन एकमात्र खेती है| इसलिए, यहाँ के लोग पौ फटने से पहले, अर्थात् किसलय शैय्या पर मकरंद मदिरा पान किये सो रहे मधुप के जगने से पहले ही, लोग अपने-अपने खेतों के कामकाज हेतु अपनी शैय्या त्याग, उठ जाते हैं|

बलवंत सिंह इसी गाँव के किसान थे| उनके घर के कुछ ही कदम पर एक मंदिर था| मंदिर में राम-सीता जी की भव्य मूर्ति विराजमान थी| दूर-दूर से लोग यहाँ पूजा-पाठ करने आते थे| केसर और चन्दन की चहल-पहल से पूरा गाँव अगरु-धूप-गंध से परिपूर्ण रहता था; मानो, पूरा गाँव ही मंदिर हो, और गाँव के लोग राम-सीता जी के प्रतिरूप|

एक दिन अरुणोदय का समय था| प्रकृति एक अनुरागमय प्रकाश में डूबी हुई थी| अचानक बलवंत अपने मन में चिंतापूर्ण व्याख्यान की रचना कर डाले, सोचने लगे, 'आज अगर मेरी मृत्यु हो जाये, तब कल से रज्जो और उसकी माँ को कौन देखेगा? दोनों ही अनाथ हो जायेंगी, क्योंकि इस दुनिया में न नीति रही, न धर्म, न सहानुभूति, न सहृदयता| हृदय में एक करुण चिंता का संचार होने लगा| गला भर आया, नेत्र मूंद लिए साँसें वेग से चलने लगीं|'

(बलवंत सिंह)

अचानक उन्हें लगा कि मनोरमा (उनकी पत्नी), मुझे पुकार रही है, कह रही है, 'अजी! खेत पर कब जावोगे?' बलवंत सिंह, झटपट मुख पर का पसीना पोछते हुए बोले, 'चल रहा हूँ|' बेटी रज्जो से कहो, 'पान का एक गिलोरी बनाकर मुझे दे दे|'

मनोरमा ने आँखों में रस भरकर कहा, 'तुम भी क्या, सब समय रज्जो! रज्जो! का रट लगाये रखते हो, कुछ काम खुद भी कर लिया करो| वो कहीं पड़ोस में सहेलियों के यहाँ गई होगी|'

पत्नी की बात सुनकर बलवंत की बड़ी-बड़ी मूछें खड़ी हो गईं| आँखों में तिरस्कार की आग भड़क उठी| यों तो वे बहुत शांतिप्रिय आदमी थे, लेकिन रज्जो का घर से बाहर अकेली रहना जानकर, उनका सम्मान जाग उठा| दृढ़पूर्ण स्वर में बोले, 'यह बताने के लिए, मैं तुम्हारा सदैव कृतग्य रहूँगा|'


मनोरमा, पति की ओर तिरस्कार भाव से देखकर बोली, 'तुम मुझे डाँटकर अपना चित्त शांत कर लेते हो, मगर मैं किसे डाँटू|'


बलवंत ने देखा, स्थिति संभलने के वजाय बिगड़ने की तरफ जा रही है| मनोरमा का चित्त अस्थिर हो गया है, क्रोध की एक लहर नसों में दौड़ गई, जो आँसू बनकर बह रहा है| बलवंत, अपना साहस, मनोरमा की तरफ देखने का फिर से नहीं जुटा सके| वे संज्ञाशून्य हो गये, सारे मनोवेग शिथिल पड़ गये| केवल आत्म-वेदना का ज्ञान आरे के सामान हृदय को चीरने लगा|


सहसा, उन्हें लगा, अगर रज्जो का इसी तरह बाहर पड़ोसियों के घर जाना लगा रहा, तब निश्चित रूप से एक दिन मैं किसी को मुँह दिखाने योग्य नहीं रह पाऊँगा| इसे यहीं पर विराम देना होगा| बलवंत, मनोरमा की ओर सजल नेत्रों से देखते हुए बोलना चाहे, 'मेरे मान-सम्मान की लाज रखना|' लोक-सम्मान की रक्षा करना, किंतु शब्द नहीं निकले, मन को दृढ़ किये हुए, मनोरमा के कमरे

में गए, और गर्वपूर्ण नम्रता के साथ बोले, 'मनोरमा! मेरे कहने का मतलब था, रज्जो अब बड़ी हो रही है| पड़ोस की सभी युवतियाँ बहने नहीं लगतीं, कुछ भाभियाँ भी लगती हैं, जो कभी-कभी ठिठोली में ऐसी बातें कह जाती हैं, जिस संग केवल सरल विनोद नहीं होता| भाभियों के कुछ तंज, हास-विलास जवानी के दहलीज पर पहुँच रहे युवक-युवतियों को लोलुप बना देता है, और उस कुमार में भी पत्ता खड़कते ही किसी शोये हुए, शिकारी जानवर की भाँति यौवन असमय जाग उठता है| इसलिये तो कहता हूँ, आवरणहीन रसिकता अच्छी नहीं होती| इससे धमनियों का रक्त प्रबल हो उठता है| तब "एक भूखा आदमी की तरह" सामने जो मिलता, उसी के आगे हाथ फैला देता है|'

(मनोरमा)

मनोरमा एक क्षण तक, पति बलवंत की ओर चकित नेत्रों से ताकती रही, मानो अपने कानों पर विश्वास न आ रहा हो| इस शीतल क्षमा ने उसके मुरझाये कमल-मुख को फिर से खिला दिया, बोली, 'क्रोध में जो कुछ मुँह में आ गया, बक गई, मुझे क्षमा करना| उस वक्त मैं बेटी के प्रेम में अंधी हो गई थी| तुम गलत नहीं कह रहे, सोलह आने सच है| सिर्फ तुम्हारे कहने का तरीका गलत था| तुम्हारी कथन में शासन पक्ष की गंध आ रही थी| अब से ख्याल रखूँगी कि रज्जो अकेली घर से पाँव बाहर नहीं रखे|' तभी माँ-माँ करती रज्जो घर में दाखिल हुई, बोली, 'बाबू उस दिन जो एक लड़का, मेरे साथ यहाँ आया था, उसका नाम है विवेक| वह मेरा दोस्त है, हमलोग एक साथ, स्कूल में पढ़ते हैं| उसे घर में किसी चीज की कमी नहीं है, बहुत पैसा वाला है, कह रहा था, तुम्हारा गाँव स्वर्ग से भी सुंदर है| जी चाहता है, तुम्हारे गाँव का होकर रह जाऊँ|'

पिता बलवंत, उसके मन का भाव ताड़कर पूछे, 'तुमने क्या कहा?'

रज्जो हँसती हुई बोली, 'मैंने कहा, गाँव में क्यों, मेरे घर में आकर रहो|'

बलवंत विषाद भरे स्वर में मनोरमा से बोले, 'मनोरमा! जिंदगी की वह उम्र जब इंसान को मोहब्बत की सबसे ज्यादा जरूरत होती

है, वह है बचपन| मेरी माता का देहांत, उसी जमाने में हो गई, जब मुझे प्यार चाहिए था| इसलिए मेरी रूह को खुराक नहीं मिली, वह भूख मेरी आज भी भूखी है| इसलिए मैं भटक गया था, मगर रज्जो के साथ तो ऐसी बात नहीं है|' यह कहते, उनकी आँखों से आँसू झड़ने लगे| जब उनके आँसू थमे, तब वे इस दुर्घटना के कारण और उत्पत्ति पर विचार करने लगे, शनै:-शनै: उन्हें विदित होने लगा कि रज्जो निरपराध है| मगर विवेक के प्रति रज्जो का अत्यधिक स्नेह अनुचित है| कदाचित इसी संपर्क ने विवेक के मन में यह भ्रम अंकुरित किया| मनोरमा ने पति की बातों का कोई जवाब नहीं दिया, और पलंग पर जाकर रज्जो के साथ लेट गई| उसके मन में कई बार इच्छा हुई, कि आज की घटना पर रज्जो से बात करूँ| दिल पर एक बोझ सा रखा था, इसे वह हल्का करना चाहती थी| रज्जो को, पिता की नजरों में गिराना नहीं चाहती थी, किन्तु जब भी रज्जो से बात करने के लिए मनोरमा मुँह खोलती थी, बात मुँह तक आकर लौट जाती थी| अकस्मात् उसे एक विचार सूझ पड़ा, उसने रज्जो को हिलाकर कहा, 'क्या सो रही हो, बेटा!'

रज्जो बिना आँखें खोले बोली, 'हाँ, मैं सो रही हूँ, तुम्हें कुछ कहना है?'

मनोरमा, 'हाँ, मेरा जी चाहता है, तुमसे कुछ बात करूँ?'

रज्जो, 'तो जल्दी बोलो न, मुझे सोना है।'

मनोरमा, ज्ञान का दीपक दिखाती हुई बोली, 'बेटा! एक बात गाँठ बाँधकर रख लो, कि कुल-मर्यादा संसार की सब से उत्तम चीज होती है। उस पर लोग प्राण न्योछावर तक करते आ रहे हैं।'

माँ की बात का आशय समझते ही रज्जो, दोनों आँखें फैलाकर बैठ गई, बोली, 'माँ, तुम कहना क्या चाहती हो?'

मनोरमा, अपनी बात के हथौड़े की दूसरी चोट करती हुई बोली, 'विवेक के साथ तुम्हारा दोस्ताना रिश्ता, धीरे-धीरे अदम्य होता जा रहा है। ऐसी क्या पड़ी है, जो वह अपने माँ-बाप को छोड़कर तुम्हारे घर रहना चाहता है। जवान लड़के और लड़की के बीच, दोस्ती के बंधन के दिन अब नहीं रहे। उदार, त्याग उस समय के लिए उपयुक्त था, जब लोग संसार को असार, स्वप्नवत समझते थे। यह आत्मिक उन्नति का काल है। धर्माधर्म का विचार संकीर्णता का द्योतक है।'

माँ के इन विचारों ने रज्जो को विवेकशून्य बना दिया। उसका चेहरा फीका पड़ने लगा। ऐसा लगता था, प्रतिक्षण उसका खून सूखता चला जा रहा है। उसे माँ की बातों से इतनी ग्लानि हुई कि वह रो

पड़ी, और काँपती आवाज में बोली, 'आपकी जो इच्छा होगी, वही होगा|'

दूसरे दिन, दिन चढ़ आया, रज्जो अन्य दिनों की भाँति, कहीं नहीं निकली| उधर विवेक दिन भर, रज्जो के आने का इन्तजार करता रहा| जब शाम हो गई, तो उससे रहा नहीं गया| उसने एक स्वांग रचा, स्नान किया, माथे पर तिलक लगाया, और रज्जो से मिलने उसके घर पहुँच गया|

यह सब देखकर, मनोरमा के हृदय में जाति गौरव का भाव उदय हुआ| उसने बड़े आदर से विवेक को आँगन में ले गई, और एक खटोले पर बैठने का इशारा कर, चाय बनाने चली गई| कुछ देर बाद जब चाय लेकर आई, देखा खटोला खाली पड़ा है| उसने आवाज लगाई, बोली, 'विवेक कहाँ हो, चाय पी लो|' दूसरी तरफ से उत्तर आया, 'बस आ रहा हूँ, मनोरमा, दो मिनट रूको; जरा हाथ-पैर धो लूँ|' मनोरमा आवाज को सुनकर सहम गई, और नजर उठाकर देखी, तो सामने उसके पति बलवंत खड़े थे, जो अभी-अभी खेत से लौट रहे थे|

चाय की चुस्की लेते हुए, बलवंत घर के चारों ओर नजर दौड़ाये, रज्जो कहीं दिखाई नहीं दी| यह सोचकर रज्जो घर से फिर बाहर निकली है, उनके तेवर पर बल पड़ गये, अपनी शिक्षित पत्नी की नीति-परायणता और सज्जनता पर जो उसकी श्रद्धा थी, वह क्षण-मात्र में भंग हो गई| इन सद्भावों की जगह उसे स्वेच्छाचार का अहंकार अकड़ता दीख पड़ा| झल्लाते हुए मनोरमा से कहे, 'तुम्हारा ज्ञान और विवेक कहाँ चला गया, जो मेरे लाख मना करने के बावजूद रज्जो को तुमने घर से बाहर जाने से नहीं रोका|'

मनोरमा मन ही मन हताश हो रही थी, यह सोचकर, कि जो विवेक ऊपर के कमरे से नीचे उतर आया, तब क्या होगा? वह दौड़ती हुई ऊपर गई, विवेक को साथ आने से मनाकर, रज्जो को लेकर नीचे

उतर आई और बलवंत के आगे जाकर सगर्व गंभीरता से कही, ये रही तुम्हारी बेटी!


बलवंत, श्रद्धापूर्ण नेत्रों से रज्जो की ओर देखकर बोले, 'बेटा! ऊपर अकेले क्यों पड़ी रहती हो, नीचे आकर माँ के कामों में हाथ बंटाओ| अच्छा लगेगा, और थोड़ा बहुत सीखना भी हो जाएगा|'


पिता की वात्सल्य ध्वनि रज्जो की सोई हुई आत्मा को जगा दिया, वह स्वयं अपनी दृष्टि में गिर गई| आँखें खोली, देखी उसका मन उसे काँटों में घसीटे ले जा रहा है| उसने तत्क्षण अपना पैर धरती पर जमा दी और निश्चय कर ली कि इससे आगे नहीं बढ़ेगी|


मनोरमा चिंतित नेत्रों से भूमि की ओर टक लगाये, चुपचाप खड़ी थी| उसे पति की संकीर्णता पर खेद हो रहा था, लेकिन कुछ कहने से डरती थी, कहीं उसका संदेह दृढ़ न हो जाय| उसने कुकल्पनाओं को और विस्तार देती हुई, ऊपर विवेक के पास आई, जो खिन्नावस्था में बैठा रज्जो के लौटकर आने का इंतजार कर रहा था, बोली, 'बेटा! तुम्हारे चाचाजी, बड़े ही सरल प्रकृति के आदमी हैं, पर उनकी सोच थोड़ी पुरानी है| वे नहीं चाहते, कि रज्जो, अकेली घर से बाहर निकले, और किसी से मिलना-जुलना करे| इसलिए, आज के बाद से रज्जो, घर से बाहर नहीं जायेगी, न ही तुम यहाँ आओगे|'

विवेक, मनोरमा की बातों से संज्ञा-विहीन हो अपने घर लौट आया| दो सप्ताह बीत गए, मगर वह घर से बाहर नहीं निकला| दिन के दिन चारपाई पर पड़े, छत की ओर ताकता रहता, रातें करवट बदलने में कट जातीं, उसे अपना जीवन अब शून्य-सा मालूम पड़ने लगा| आदमियों की सूरत से अरुचि हो गई|


एक दिन विवेक, गंगा दशहरा के दिन, पिता के बहुत समझाने के बाद गंगास्नान को गया| उसने निराश भाव से नदी की ओर देखा, लहरें दाढ़े मार-मारकर रोती हुई उसे जान पड़ी| दोनों ओर लगे पेड़-पौधे सभी शोक से सर झुकाए जान पड़े| तभी उसकी नजर एक जल रहे चिता पर पड़ी, उसे देखकर, मन ही मन कहा, 'ईश्वर! तुमने इस दुनिया को बनाया ही क्यों? इस अनंत जीवन की सिद्धि कितनी उद्भ्रांत, कितनी मिथ्या है?' वह शोकमय विचारों से विह्वल हो खडा हो गया, कहा, 'इस चिता की तरह आज मेरी भी आशाओं का प्राणांत हो गया|


घर लौटकर, विवेक सात दिनों तक अनाज का मुँह नहीं देखा| दिन भर जेठ महीने की कड़ी धूप में नदी के किनारे जाकर बैठा रहता, और रात को मुँह लपेटकर सो जाता| इस भीषण वेदना और दुस्सह कष्ट ने उसके शरीर के रक्त को जला डाला| मांस और मज्जा को घुला दिया| बीमार पडा, तो तीन महीने खाट से उठ नहीं पाया, तभी उसे आशा की एक क्षीण सी रेखा, खिड़की से दिखाई दी| वह

झटपट उठ बैठा| उसने देखा, रज्जो की एक सहेली, रूपा रंग-विरंगे कुछ फूल मालाएँ लिये, जल्दी-जल्दी पाँव बढ़ाती भागी चली जा रही है| उसे देखते ही उसमें अलौकिक शक्ति आ गई| उसने तेज आवाज देकर कहा, 'रूपा, कहाँ जा रही हो? ज़रा इधर आना, मैं तो तुम्हारे पास जा नहीं सकता, क्योंकि मैं बीमार हूँ|'

बीमार की बात सुनते ही रूपा दौड़कर खिड़की के पास आ गई, और विवेक का पिचका गाल, धँसी आँखें, दुबले वदन को देखकर परेशान होती हुई पूछी, 'यह सब क्या है, किसका मातम मना रहे हो?'

विवेक गंभीर स्वर में कहा, 'खुद का!'

रूपा, 'खुद का, तुम पागल हो गए हो क्या, कोई खुद भी मातम आज तक मनाया है? तुम्हारा मातम तो तुम्हारे आने वाले संतान मनायेंगे, इसलिए मेरी सलाह मानो, तुम शादी कर लो, तभी तो संतान आयेंगे|'

विवेक अनुरक्त नेत्रों से देखकर कहा, 'शायद्! मेरे पूर्व जन्म के बुरे कर्मों का फल है, जो प्रकृति से स्पर्श होते ही, मुझसे एक-एक पक्षी, एक-एक पशु, आदमी, यहाँ तक कि नदी, झरने सब के सब

नफ़रत करते जान पड़ते हैं| मानो भूले हुए कुकर्मों को याद दिला रहे हों|'

अचानक रूपा कातर कंठ से पूछी, 'रज्जो की याद तुम्हें नहीं आती?'

विवेक, रूपा का हाथ पकड़कर आर्द्र कंठ से कहा, 'आती है, बार-बार आती है, सुगंध के एक झोंके की भाँति, कल्पना की एक छाया की तरह, और फिर अदृश्य हो जाती है| दौड़ता हूँ, कि उसे अपने करपाश में बाँध लूँ पर हाथ खुले रह जाते हैं, और वह लुप्त हो जाती है|'

रूपा बीच में बात काटती हुई बोली, 'तुमने, इसका कारण भी कभी सोचा, समझना चाहा? अगर चाहा तो क्या कारण मिला?'

विवेक, 'यही कि मैं जिस आधार पर अपने जीवन का भवन खड़ा करना चाहता हूँ, वह इस छोटे से झोपड़े के नीव पर खड़ा नहीं हो सकता| उसके लिए, उतना ही मजबूत और गहरी नीव होनी चाहिए; जो कि मेरा नसीब मुझे नहीं दिया| अब तो आध्यात्मिक प्रेम, त्यागमय प्रेम और निःस्वार्थ प्रेम, जिसमें प्राणी अपने को

मिटाकर, प्रेमिका के लिये जीता है, उसके आनंद से आनंदित होता है| मेरे लिये बस यही एक रास्ता बचा है|'

रूपा कल्पित स्वर में बोली, 'तुम्हारे तर्क को मेरी आत्मा स्वीकार नहीं करती|'

विवेक ने संदिग्ध भाव से कहा, 'रूपा जब तुम ही, मेरी वेदना को समझ नहीं सकी, तो दुनिया क्या ख़ाक समझेगी? यह कहता हुआ विवेक मन्दगति से घर के भीतर लौट आने लगा, और मन ही मन कहा, जिस गुत्थी को तुम्हारे पास सुलझाने आया था, वह और उलझ गया|'

रूपा, पाँव दबाती, रोनी सूरत लिए कमरे में दाखिल हो गई, और झुककर सलाम करती हुई कही, 'तपस्वी महाराज! मैं तो साधू-संतों के दर्शन करने हरिद्वार जा रही थी, सौभाग्य से यहीं दर्शन हो गए| तो फिर मुझे एक आशीर्वाद दीजिये, कि मैं जिस काम में हाथ डालने जा रही हूँ, वह सफल हो| ऐसे भी मैं उसी काम में हाथ डालती हूँ, जिसमें जीत छुपी हो, क्योंकि मुझे हार पसंद नहीं है|'

विवेक मुट्ठी बंद किये, हवा में पटककर कहा, 'मैं भी किसी हारने वाले को अपना आशीर्वाद नहीं देता| रूपा, मुझे समझ आ गया है

कि तुम किस काम से कहाँ जा रही हो, छोड़ दो व्यर्थ परिश्रम करना| हमारे समाज की व्यवस्था इतनी सरलता से नहीं बदल सकती|'

रूपा, विवेक की जड़ता पर हँसती हुई कही, 'मैं भी जानती हूँ, तपस्वी, तुम्हारी दुआ से, अब मेरा काम सफल नहीं होगा| मुझे खुद की दुआ पर भरोसा करना होगा|'

विवेक, अपनी मर्जी के विरुद्ध कहा, 'दुआ अवश्य कबूल होगी, क्योंकि भगवान जब देखेगा कि दुआ माँगने वाली भिखारिन नहीं, बल्कि एक दौलतमंद घर की कोई रुपशी है, और यह बात जो जग जाहिर है कि दौलत की प्रतिष्ठा-सम्मान मन्दिर में आजकल अधिक होती है|' रूपा जाती-जाती, अपने फूलों के गुच्छे से एक गुलाब निकालकर बोली, 'इसे पकड़ो, यह तुम्हारे लिए है|'

ऐसा अवसर कदाचित ही मिले, यह सोचकर विवेक रूपा से पूछ लिया, 'आज तुम्हारे घर पर कोई उत्सव है क्या, जो इतने फूल?'

रूपा, हलके मन से बोली, 'हाँ, आज रज्जो का जन्मदिन है| उसी को यह फूल देना है|'

रूपा, विवेक के घर से सीधा रज्जो के घर पहुँची| वहाँ जाकर देखी, 'रज्जो, बालाजी की आरती उतार रही है, और आँखों से आँसू बह रहा है|' रज्जो को कभी आज से पहले ऐसी नैराश्य-पीड़ित और छिन्न हृदया नहीं देखी थी|

रूपा, रज्जो की भावनाओं का अनुमान कर विह्वल हो गई, सोचने लगी, 'तभी मैं सोचती थी, कि रज्जो के व्यवहार में इस प्रकार की शुष्कता क्यों है?' उसके मुँह पर पहले की भाँति, उल्लास की झलक नहीं मिलती, जो दिन-रात, बिना प्रयोजन का बक-बक करती रहती थी| आजकल प्रयोजन की बोलती भी कम है| ऐसा जान पड़ता है, कि वह मुझसे मिलना-जुलना नहीं चाहती है| आज समझ में आया, 'वहाँ विवेक सन्यासी बना जीता है, और यहाँ यह तपस्विनी क्यों?'

आरती के ख़त्म होते ही रूपा, रज्जो से जाकर मिली, बोली, 'तुम्हारी पलकें सारी कथा बता रही है कि, तुम और विवेक मन ही मन, एक दूसरे के हो चुके हो| ईश्वर के घर तुम दोनों का विवाह हो चुका है, अन्यथा, जगत में पुरुषों की कमी है? तुम जिसके लिए अपना यौवन रो-रोकर बिता रही हो, वह भी वहाँ तपस्वी जीवन व्यतीत कर रहा है| पलंग पर नहीं सोता, कोई रंगीन वस्त्र नहीं पहनता, सर के बाल, जाटे का रूप ले चुके हैं| क्या इन व्यवहारों से सिद्ध नहीं होता कि तुम दोनों का विवाह हो चुका है| सिंदूर, मंगलसूत्र और चूड़ियाँ, ये सब तो संसार के ढकोसले हैं|'

रज्जो, 'तुम जैसा उचित समझो!'

(रज्जो)

तभी रज्जो की माँ मनोरमा, रज्जो-रज्जो पुकारती हुई, पूजाघर में आकर ठिठक गई| कुछ देर तक दोनों की बातों को सुनती रही, फिर बोली, 'रज्जो! किसी को चाहने से कोई उसका अपना नहीं हो जाता, माना कि तुम विवेक को चाहती हो, किन्तु तुम पत्नी नहीं हो| प्रेम और सुहाग, दोनों अलग-अलग हैं| प्रेम चित्त की प्रवृति है और व्याह एक पवित्र धर्म है| विवाह आकाश, अग्नि और देवताओं के साक्ष्य में होता है|' मनोरमा की इन बातों में करुणा भरी थी| वह

सजल नेत्र होकर बोली, 'बेटी! तुम अपने पिता को भलीभाँति जानती हो| यह शादी कभी संभव नहीं होगा, इसलिये इस जिद्द को छोड़ दो| इस दुनिया में केवल चाहने भर से हर किसी को हर चीज नहीं मिल जाती|'

रज्जो, माँ की बातें सुनकर नैराश्य भाव से मुस्कुराई और कंपित स्वर में कही, 'माँ! पक्षी डाली पर घोंसला न बनाकर, बादलों में बनाना चाहे, तब यही होता है, जो हाल आज मेरी है|'

इसी वक्त रज्जो का नौकर 'भगत' एक लिफाफा लाकर, रज्जो के हाथ पर रख दिया| रज्जो, पते की लिखावट से समझ गई कि विवेक का पत्र है| पढ़ते ही जैसे उस पर नशा छा गया| मुख पर ऐसा तेज आ गया, मानो अग्नि में आहुति पड़ गई हो| मन ही मन छलांगें मारने लगी| हृदय का सारा रक्त आँसू बनकर विवेक के चरणों पर बह जाने लगा, विवेक की रक्षा का साया, ज्योत्सना की भाँति फैला हुआ जान पडा| उसी भावावेश में उसे प्रतीत हुआ, कि कोई उसका हाथ पकड़कर, उसे घर से निकालकर अपने साथ कहीं दूर ले जा रहा है| वह, हाथ झटकती हुई चिल्ला पड़ी, 'विवेक मेरा हाथ छोडो|' जब उसकी चेतना लौटी, तब रूपा की ओर निहारती हुई रो पड़ी| यह सब देखकर, रूपा कुछ बोलना चाही, परन्तु गला रुंध गया और आखें भर आईं| वह डबडबाई नेत्रों से रज्जो से कही, 'खुद को संभालो, शरीर सूखकर काँटा हो गया है| उसके साथ कभी अपना भी ख्याल रखो|' यों तो रज्जो के मित्रों की संख्या वेशुमार थी, परन्तु

सच्चे मित्रों में केवल तीन-चार ही थे| इनमें सबसे अधिक भरोसेमंद रूपा थी| एकाएक रज्जो ने कहा, 'रूपा, कई दिनों से मैं सोच रही थी कि क्यों न विवेक को कहलवा भेजूँ कि वह अपनी शादी कहीं और कर ले, क्योंकि पिताजी के होते हुए, मेरा उससे मिलना, अब कभी संभव नहीं होगा|'

रूपा ने देखा, यह कहते, रज्जो की सजीवता गायब हो गई| रूपा हँसकर बोली, 'तुम उसकी फ़िक्र करना छोड़ दो, और बैठकर रज्जो के बालों में कंघी लगाने लगी|'

रज्जो, उसे ऐसा करने से रोकती हुई कही, 'रूपा! लकड़ी के ऊपर रंग और रोगन लगाने से कीड़ा नहीं मरता, जो उसके भीतर बैठा हुआ है, जो उसका कलेजा खाये जा रहा है|' रज्जो का यह विचार शूल की भाँति रूपा के हृदय को व्यथित कर दिया| उसने कहा, 'रज्जो, सच्चे प्रेम का कमल, बहुधा कृपा के प्रभाव से खिल जाया करता है| कोई हृदय ऐसा बज्र और कठोर नहीं हो सकता, जो सत्य से द्रवीभूत न हो जाये|'

उसने विवेक के पत्र के जवाब में लिखा, 'विवेक, कल रात एक जोर की आँधी आई, और छत पर रखे, गमले सभी टूटकर बिखर गए| कुछ अपने साथ उड़ा ले गई, जो बचा, उसे छिन्न-भिन्न, कर तितर-वितर कर गई|' यह सब होता देख मैं काँप उठी| सोचने लगी, क्या

इस संसार में कुछ भी स्थाई नहीं है| अभिलाषा प्रतिदिन व्याकुलता के रूप में परिणत होती जाती है| कभी-कभी बेसुध हो जाती है| आज मेरे पड़ोस में एक लड़की की शादी हो रही है| लगभग सभी रश्में पूरी हो चुकी हैं, बची-खुची रश्में कल विदागिरी के ठीक पहले पूरी की जायेंगी| दूर-दूर से नातेदार सम्बंधी आये हुए हैं| आँगन में मंडप बनाया है, जो देखने में अद्भुत है| दुल्हन के हाथ में कंगन और माथे का टीका, सब कुछ मिला-जुलाकर, उसका आँगन प्रेम और कृपा की छाया का स्मारक सा दीखता है| आज नवयौवना रीना की आँखों में एक अनोखी छटा देखने मिली, उसकी रसीली आँखें आमोदाधिक्य से मतवाली हो रही थी| वह तुम्हारे बारे में पूछ रही थी, विवेक कैसा है? अब यह मत पूछना, कि मैंने उसे क्या बताया? ऐसे मैंने बता दिया कि जो मरण-पर्यंत आँखों से अदृश्य न होने की बात करता था, वह पास आकर भी कोसों दूर रहने लगा|

रज्जो का पत्र पढ़कर विवेक का मुख कुम्हला गया| मन ही मन कहा, 'पत्र भी लिखी, तो इतना उखड़ा- उखड़ा | काश! कि तुम इतना मुझे बता देती, कि इसमें मेरा क्या अपराध है? तुम नहीं जानती, प्रेमाग्नि में जल-जलकर, मैं किस प्रकार राख हो चुका हूँ| मरा नहीं ज़िंदा हूँ, मरणमुख के रोगी की तरह; मैं जानता हूँ रज्जो, मेरी अभिलाषा कभी पूरी नहीं होगी| फिर भी ज़िंदा हूँ, इसलिये कि मन ही मन, तुमसे मिलने का आनंद तो मिलता है| भव-संसार में तुमसे वार्तालाप करता हूँ| कभी तुमको छेड़ता हूँ, कभी खुद रूठ जाता हूँ| तुम तो मुझे नहीं मनाती, मगर मैं जब तक तुमको मना नहीं लेता, तब तक मनाता रहता हूँ| मुझे इन भावों में तृप्ति मिलती

है| क्योंकि इस ध्यानावस्था में भावों का जो केंद्र बनता है, वह कुवासनाओं से भले ही शुद्ध रहता है, पर मन के दूषित आवेगों से मुक्त नहीं रह पाता है| मुझे लगता है, यही मेरा अपराध है| इस अपराध की क्षमा मुझे नहीं चाहिए| दे सको तो कड़ी से कड़ी सजा दे दो, पर इस पर भावोद्यान में टहलने से मुझे मत रोको|'

रात के दश बज चुके थे| विवेक पलंग पर लेटा हुआ था| तभी उसके कमरे की ओर बढ़ता हुआ किसी की पदचाप सुनाई पड़ी| वह उठकर बैठ गया, देखा, उसकी माँ पारो, किसी रिश्तेदार की शादी का कार्ड लिए खड़ी है, कह रही है, 'बेटा! ये तुम्हारे एक मामा की बेटी, नीतू की शादी का कार्ड है| अगले महीने, के तीन तारीख दिन तय हुआ है| तुम्हारे पिता का स्वास्थ्य आजकल ठीक नहीं चल रहा, इसलिये बेटा, तुमको जाना होगा| लो इस आमंत्रण कार्ड को रख लो|'

विवेक आत्मीयता के साथ कहा, 'ठीक है माँ, मैं अवश्य जाऊँगा| पर इसे रहने दो, इसका क्या काम, मामा के घर ही तो जाना है|'

माँ, 'ठीक है बेटा, बोलकर सोने चली गई|' चारों तरफ सन्नाटा छाया हुआ था, मगर विवेक की आँखों में नींद कहाँ थी, वह बाहर निकलकर, बरामदे में टहलने लगा| नीरवता ने विवेक की विचार ध्वनि को गुंजित कर दिया| सोचने लगा, 'मेरा जीवन कितना विचित्र

है?' रज्जो जैसी देवी को जीवन-साथी बनाकर भी नहीं बना सका, कि अचानक देखा, दिखने में, कद-काठी से रज्जो सी एक लड़की, पड़ोस के घर से निकली, एक बार उसकी ओर देखा, फिर आखें फेर लिया, यह सोचकर कि इससे मुझे क्या, किसी काम से आई होगी, अब लौट रही है| लेकिन नहीं, इसका तो सर से पैर तक, सिर्फ कद-काठी ही नहीं, चाल-ढाल भी रज्जो जैसी है| पर इतनी रात गए वह यहाँ कैसे? तभी देखा, एक बुजुर्ग पति-पत्नी भी साथ हैं| इसमें कोई शक नहीं, कि ये दोनों रज्जो के माता-पिता हैं, पर यहाँ कैसे? उसने हमारे घर के आस-पास के रिश्तेदारी की बात कभी नहीं की थी| इस गाँठ को खोलने की इच्छा, विवेक की इतनी प्रबल हो गई, कि वह खुद को रोक नहीं सका| वह, उनलोगों के पीछे-पीछे अपना मोटर साइकिल लेकर उसके गाड़ी के पीछे चल दिया| कुछ दूर चलकर देखा, यह तो रज्जो का घर है, जिसके भीतर सभी लोग जा रहे हैं, तब वह लौट आया| सारी रात जागकर सोचता रहा, 'इतनी रात गए ये लोग, हमारे पड़ोस के घर क्यों आये थे? क्या वे लोग इन लोगों के रिश्तेदारी में हैं? फिर सोचा, 'किसी के कहीं आने-जाने पर मैं क्यों इतना चिंतित होऊँ, जब कि उस पर मेरा कोई हक़ नहीं है| मैं क्यों अपने चारो ओर उसके प्रेम और सत्यव्रत को फैले हुए देखता हूँ| उसकी सदिच्छाओं को किसी सघन वृक्ष की भाँति अपने ऊपर छाया डालते हुए अनुभव करता हूँ| क्यों मुझे उसकी अकृपा में दया, निष्ठुरता में हार्दिक स्नेह छिपा हुआ दीखता है?'

एक दिन कहीं से लौट रहे, विवेक की नजर रज्जो के मकान पर पड़ी, देखा मकान की सफाई और सुफेदी हो रही है| रज्जो अपने मकान से सटे उद्यान में बैठकर चिड़ियों को दाना चुगा रही है| आस-पास कोई नहीं है, देखकर विवेक का हृदय चिड़ियों की तरह फुदकने लगा| आज पहली बार उसे ऐसा अवसर मिला| रज्जो के कुंदन वर्ण पर अगरई साड़ी की आकर्षक छटा देखकर, उसने चाहा कि उससे जाकर लिपट जाऊँ, उसका मान करूँ, किन्तु कोई शक्ति उसे ऐसा करने से रोक लिया| वह सोचने लगा, 'अभी हमदोनों को एक दूसरे की कदर भर करनी चाहिए| मैं क्यों उसे अपने समान तृष्णा मात्र का साधन बनाना चाहता हूँ|' विवेक इसी उधेरबुन में एक वृक्ष के नीचे खड़ा था| तभी रज्जो की नजर उस पर पड़ी| नजर मिलते ही रज्जो वहाँ से उठकर भागने लगी| विवेक दौड़कर उसकी बाँह पकड़कर रोक लिया, और बोझिल नजरों से देखते हुए कहा, 'रज्जो! कब तक लोक निंदा के भय से हमलोग अपने प्यार को छुपाकर, अपनी धार्मिक स्वतंत्रता को ख़ाक में मिलाते रहेंगे| हम संसार में रोने-तड़पने के लिये नहीं आये हैं| आत्म-दमन, जीवन जीने का उद्देश्य नहीं होना चाहिए|'


विवेक की बात सुनकर, रज्जो का गला भर आया| वह द्रवित कंठ से कही, 'आपके कहने का आशय यही है कि, हम अपनी मनोवृतियों का अनुसरण करें, इच्छाएँ जिधर ले जाएँ, आँख बंद कर उधर चलें, उनके दमन की चेष्टा न करें| आपने पहले भी कई बार यह विचार प्रकट किया| मैंने इस पर विचार भी किया, पाया हृदय इसे स्वीकार करने के लिए तैयार नहीं है| ऐसे भी, अभी के

समाज में, इच्छाओं को जीवन आधार बनाना, बालू की दीवार खड़ा करना है| हमारा शास्त्र भी आत्म-दमन को मुक्ति साधन का रास्ता बताया है| इच्छाओं और वासनाओं को मानव पतन का मुख्य कारण सिद्ध किया है|'

विवेक को रज्जो के कथन में बहुत आनंद आ रहा था, कारण इससे उसके दिल के भेद और अभेद स्थलों का पता चल रहा था|

सहसा रज्जो के मन में यह बात चमक आई, उसे लगा कि कहीं विवेक निर्विघ्न आनंद लेने के लिये तो नहीं, अपनी बातों के शब्दजाल में मुझे फंसा रहे हैं| वह उठ खड़ी हो गई, और अपनी मानसिक व्यथाओं के बोझ से दबी, धीरे-धीरे घर की ओर जाने लगी| रज्जो को जाती देख, विवेक के हृदय में, अब तक जो गेंदा गुलाब से निकली, शीतल मन को तार कर देनेवाली सुगंध की मादकता भर रही थी; एक क्षण में विलीन हो गई| उसे फूलों की जगह, दर्द की दीवार दीखने लगी|

उसने रज्जो से भरे कंठ से कहा, 'क्या इस रुसवाई को मैं, यहाँ जबरन आने का जबाब समझूँ?'

रज्जो भयानक विषधर की तरह श्वास फेंककर कही, 'मनुष्य का हृदय, शीतकाल की उस नदी के समान जब हो जाता है, जिसमें ऊपर का कुछ जल बर्फ की कठोरता धारण कर लेता है, तब उसके गहन तल में प्रवेश करने का कोई उपाय नहीं रह जाता| आज तुमने अपने हृदय को प्रवंचना की मोटी चादर से ढंककर इसलिये यहाँ आये हो, जिससे कि तुम्हारे भीतर के तरल जल को कोई प्यासा पीकर अपनी प्यास नहीं बुझा सके| इसलिये माफ़ करना, इस तरह की नदी के जल को, तो मैं यही कहूँगी, कि उसने अपने प्रभुत्व का नशा पी रखा है|'


विवेक हतबुद्धि से रज्जो का स्त्री अभिनय देखता रहा, सोचता रहा, जो आजतक चरित्र-दृढ़ता का पताका मेरे हृदय पर लहराती आ रही थी| देव मन्दिर की दीपशिखा सी ज्योतिर्मयी मूर्त्ति को क्या हो गया? विवेक कुछ देर खड़े रहे, फिर मन ही मन इतना कहकर घर की तरफ चल दिए, तुम्हारा हृदय अभी प्रेम विह्वल होकर व्याकुल हो उठा है| उसे शांति की आवश्यकता है|


विवेक विचार सागर में डूबता-उतराता अपने घर जाकर पलंग पर लेट गया, और अपने ही मन से पूछने लगा, 'आखिर रज्जो, मेरी कौन लगती है, जो मैं उसके स्मृति वृक्ष से, लता के समान लिपटा रहता हूँ| फिर आप ही आप उत्तर देता, आखिर उसके स्मृतिवृक्ष के सिवा कौन है दूसरा मेरा, जो मुझे अपना अवलंबन देकर, इस सृष्टि में सर ऊँचा कर खड़ा रहना सिखायेगा?' विवेक को इसी

कशमकश में कब नींद आ गई| जब आँखें खुलीं, देखा, माँ कुछ नये कपडे लेकर खड़ी है, और कह रही है, 'बेटा! उठो, नहा-धोकर एक बार मामा के घर जाकर, हो आओ| उनसे मिलकर बोल देना, पिताजी की तबीयत कुछ ठीक नहीं है| माँ, उन्हीं की देख-रेख में, व्यस्त रहती है, साथ ही ये सारा सामान उन्हें दे देना, और हाँ, यह अवश्य बोल देना, कि माँ फुरसत निकालकर आपसे मिलने जरूर आयेगी|'

माँ की बात सुनकर, विवेक का मुखड़ा रंजित हो, प्रसन्न हो उठा, उसकी आँखों से शौर्य टपक रहा था| वह जानता था, रज्जो एक बार फिर वहाँ मिलेगी, क्योंकि प्रेम का फूल कभी नहीं मुरझाता, प्रेम की नींद कभी नहीं उतरती| विवेक जब मामा के घर पहुँचा, देखा, 'आँगन में सत्यनारायण कथा चल रहा है| लोग, पंडितजी को घेरे, चुपचाप अंतरमुग्ध होकर कथा सुन रहे हैं|'

इस कथा में प्रवीण, पंडितजी के कथा में, श्रव्य और दृष्य, दोनों ही वाक्यों का आनंद आता है| दृष्टान्तों में तो इतने कुशल कि जो चरित्र दर्शाते हैं, उनकी तस्वीरें खींच देते हैं| विवेक कुछ देर तक बैठकर कथा का आनंद लिया, लेकिन तुरंत ही उठ खड़ा हो गया| उसने देखा कि विद्रोही मन सारे संसार में प्रतिकार करने के लिए, जैसे नंगी तलवार लिए खड़ा रहता है| कभी-कभी मन इतना उद्विग्न हो जाता है कि समाज के सारे पावंदियों को तोड़कर फेंक दे|

उसने, आँगन में बैठी हर एक युवती को गौर से देखा, प्रेम से नहीं, केवल खोज के भाव से, पर इस आत्म-समर्पण ने उसे विचलित कर दिया, जब रज्जो कहीं दिखाई नहीं पड़ी| तब वह अपने मन को संयमित नहीं रख सका और मन ही मन कहा, 'वह जो कुछ है, वही रहेगी| उसमें कुछ तबदीली नहीं आ सकती| ऐसे सुखी जीवन की आशा करना व्यर्थ है, केवल विवाह-प्रथा की मर्यादा निभाने के लिये मैं अपना जीवन धूल में नहीं मिला सकता| मानव जीवन का उद्देश्य कुछ और भी है, वो तो अलग रहकर पूरा होने से रहा|'

तभी उसे लगा, कि कोई कह रही है, विवेक तुम न्याय विचार तो इतनी सूक्ष्मता से करते हो, कि कदाचित बारह वर्षों बाद मुझे तुम्हारी गलती की दूसरी अपील करने की बारी आये| इतना धैर्य कम से कम मुझमें तो नहीं है| उसने नजरें उठाकर देखा, तो सामने मामाजी खड़े थे, कह रहे थे, 'तुम कब आये, चलो-चलो अंदर चलो, मामी तुम्हारा इंतजार कर रही है|'

विवेक, मामा के झुककर पैर छूते हुए कहा, 'बस अभी-अभी|' फिर बोला, 'मामाजी, माँ नहीं आ सकी, आपसे कहने बोली है कि फुर्सत मिलते ही, मैं मिलने आऊँगी| साथ ही माँ ने कुछ कपड़े वगैरह भेजी है, इसे रख लीजिये|' तभी भीतर कमरे से आवाज आई, 'फूफाजी! नीतू के बाकी कपड़े कहाँ हैं?' आवाज सुनकर विवेक सन्न रह गया, यह तो रज्जो की आवाज है, उसने झटपट कहा, 'मामाजी, तो चलिए, चलकर मामीजी से मिल लेते हैं|' विवेक जब

कमरे में पहुँचा, तब निराशापूर्ण स्नेह की दृष्टि से एक बार रज्जो की तरफ देखा, और नजरें लौटा लिया, जैसे जानता ही नहीं हो| यह देखकर रज्जो के वक्षस्थल में कितना भीषण अंधड़ चल रहा होगा| इसे अनुभव बिना किये कि, क्या वो इस भयानक प्रतिरोध के धक्के को संभाल सकेगी? विवेक उठकर घर लौट जाने के लिए खड़ा हो गया| तभी नौकर चाय लेकर आया, पूछा, 'साहब! आप अभी-अभी आये हैं?'

विवेक ने कहा, 'हाँ, मगर क्यों?'

नौकर, 'कुछ नहीं साहब, आपके लिये चाय लाया हूँ|'

विवेक, 'लेकिन मैं तो जल्दीबाजी में हूँ| पूछ लो, कोई पीये, तो उसे दे देना, और जाने लगा|'

रज्जो अपनी व्यथा भरे वक्षस्थल को दबाये, चाय का प्याला उठाकर, विवेक की ओर बढ़ाती हुई कही, 'क्रोध सजीव के ऊपर की जाती है, निर्जीव पर नहीं; कम से कम आप इन सब बातों से भलीभाँति परिचित होंगे, मैं तो यही जानती थी|' यह कहते, रज्जो का निर्बल क्रोध शिशिर ऋतु की पत्तियों की तरह काँप रहा था|

रज्जो की बात सुनकर विवेक को आशा हुई, कि यहाँ आना निष्फल नहीं हुआ| रज्जो की विनयशीलता ने उसे वशीभूत कर लिया| उसकी नम्रता देवोचित प्रतीत हुई| उसके हृदय में उत्कंठा हो रही थी कि अपना सर्वस्व रज्जो को लुटा दूँ| यही मेरी ओर से, बड़ी भेंट होगी, मगर वह हवा में किले बनाता रहा, गुत्थी सुलझा न सके| चाय का कप रज्जो के हाथ से अपने हाथ में लेते हुए कहा, 'एक काम किया जाय, इसे आधा-आधा दो कप में ढाल दो, क्योंकि परिश्रम करने का फल तो मिलता हुआ दीखना चाहिए|'

रज्जो चिंतित नेत्रों से भूमि की ओर देखने लगी, तभी विवेक चाय का प्याला, रज्जो के होठ के पास ले जाकर कहा, 'कम से कम जूठा तो कर दो|'

रज्जो पहलू बदलकर बोली, 'चीनी कम हो तो बताना और विवेक का उत्तर सुने बिना भाग गई|'

विवेक भी यह कहकर वहाँ से घर के लिए निकल गया, 'जिस मनोरथ से मैं यहाँ आया था, उसके यों विफल होने की कल्पना नहीं थी|' यद्यपि यह कोई असाधारण बात नहीं थी विवेक इस समय मानसिक अशांति से पीड़ित हो रहा था| घर पहुँचकर जब उसका क्रोध शांत हुआ, चित्त स्थिर हुआ, तब क्रोध की जगह उसके हृदय में एक विवशता का संचार हुआ| उसके हृदय में रज्जो के ताने अभी

तक खटक रहे थे| मन ही मन परेशान था, कि काश, छींटाकशी की कुछ सामग्रियाँ मुझे भी मिली होतीं!

रज्जो शून्यपथ पर चलती हुई, चिंतित परेशान, कब घर पहुँची, उसे पता भी न चला, क्योंकि वह थक चुकी थी| चिंता की वास्तविक गुरुता लुप्त होकर, विचार को यांत्रिक और चेतना विहीन बना दिया था| इसलिये पैरों से चलने में, मस्तिष्क से विचार करने में कोई विशेष भिन्नता नहीं रह गई थी| घर पहुँचकर वह पलंग पर लेट गई| सोचने लगी किसी ने कहा है, कि पुरुषों से प्रेम चाहे जितना करो, पर मुख से इसका इजहार कभी मत करना, नहीं तो व्यर्थ सताने, जलाने लगते हैं, और यदि सीधे मुँह बात न करो, फिर देखो, वे कितना आदर करते हैं| मैंने भी वही किया, पर यहाँ तो सब उलटा पर गया| इसका अर्थ हुआ, जमाने का कहा, हर वक्त सच होगा, यह गलत है, ऐसा सोचते वक्त रज्जो की आँखें बंद थीं| पर मुखमंडल ऐसा विकसित था, जैसे प्रभात काल का कमल| जब आँखें खोली, उसके हृदय से विवेक के प्रति विरोध का अंतिम चिन्ह भी गुम हो गया|

रज्जो का दिल, रज्जो के पास था कहाँ, जो वह अपने हृदय का विरोध करती| उसे विवेक के सरल हृदय और सज्जनता के सामने अपनी मलिनता अत्यंत घृणित जान पड़ी| विवेक की हर बात, उसे फूल तुल्य जान पड़ी और हृदय में आकांक्षाओं की नई-नई तरंगें हिलोरे मारने लगीं| अब तक उसे अपना जीवन लक्ष्यहीन लगता

था| अब उसमें महान लक्ष्य विकसित हो गया और हृदय के ऊसर भूमि में हरियाली लहरें मारने लगीं|

एक दिन संध्या समय रज्जो आँगन में बैठकर चिड़ियों को दाना डाल रही थी| तभी माँ मनोरमा सुगंधित फूलों की कुछ गजरें लेकर आई और रज्जो को देती हुई बोली, 'बेटा! ये गजरें हैं, इसे अपने बालों में लगा लेना और जल्द तैयार हो जाना, तुमको देखने एक लड़के वाले आये हुए हैं| वे लोग, बहुत बड़े लोग हैं, अन्न, धन, सोहरत, इज्जत किसी चीज की कोई कमी नहीं है| लड़का भी लाखों में एक है| तुम बहुत भाग्यशाली हो, घर बैठे, लड़के वाले, हमारे दरवाजे पर आये हैं| सब कुछ ठीक रहा तो, रानी बनकर रहोगी, रानी|'

रज्जो विरक्त भाव से सर नीचे किये चुपचाप माँ की बातों को सुनती रही, फिर कातर नेत्रों से माँ की ओर देखकर बोली, 'माँ, शादी, इतनी जल्दी भी क्या है?'

मनोरमा मीठे तिरस्कार भाव से कही, 'जल्दी कहाँ है बेटी, अपनी सहेली रूपा को देखो| आजकल में माँ बनेगी, कितना खुश है, वह कल ही मुझे कुएँ पर मिली थी, पूछ रही थी, चाची! आजकल रज्जो कहाँ रहती है, कभी दीखती नहीं है|' मैंने कहा, 'उससे मिलना हो

तो, मेरे घर आ जाओ, क्योंकि आजकल कहीं निकलना उसने बंद कर दिया है।'

रूपा, असंतोष का भाव लिये बोली, 'इस डेढ़ साल में, उसमें इतना परिवर्तन हो गया।'

मैंने कहा, 'इतना परिवर्तन कैसे हुआ, यह तो मैं नहीं जानती।'

रूपा मुस्कुराती हुई बोली, 'लगता है, किसी के प्रेम को वह इतनी एकाग्रता से पाली हुई है,कि उसके सिवाय, अन्य किसी ज्योति से अपने जीवन को आलोकित करना नहीं चाहती है।'

तब मैं विस्मित होकर आवेश में बोल गई, 'कहते हैं, आदमी की पहचान, उसकी संगत से होती है। जिसकी दोस्ती तुम जैसों से हो, वह अपने धर्म को कैसे भूल सकती है।'

रूपा कही, 'जरूरी नहीं है चाची, जो गुण मुझमें न हो, वह रज्जो में भी नहीं रहे।'

रज्जो ज्यादा मधुर है, उसके स्वभाव में कोमलता है| हो सकता है, वह प्रेम को मुझसे अधिक समझती हो| इसलिए वह किसी अतीत प्रेम को आधार बनाकर अपना जीवन निर्माण करना सोची हो|

रज्जो सर झुकाये माँ की हर बात को ध्यान लगाकर सुनती रही, फिर मन ही मन बोली, 'माँ, मैं मानती हूँ कि, प्रेम जब आत्म-समर्पण का रूप ले, तभी विवाह होना चाहिए क्योंकि विवाह मात्र मनोरंजन नहीं, आत्म-समर्पण भी है| इस आत्मसमर्पण के पहले कोई विवाह करता है, तो वह ऐयाशी है|'

मनोरमा अपील भरी नजरों से रज्जो की ओर देखी और कही, 'बेटा! तुम क्या कह रही हो, मैं कुछ समझी नहीं?'

एक क्षण तक रज्जो दुविधा में पड़ी रही, फिर बोली, 'माँ, दुनिया में स्त्रियों का क्षेत्र पुरुषों से बिलकुल अलग क्यों है? स्त्रियों का किसी से प्रेम करना, क्या मात्र कवियों की कल्पना है? वास्तविक जीवन में इसका कहीं निशान नहीं; कोई मर्द, किसी स्त्री से प्यार जताता है तब वह देवता| उसकी जगह अगर औरत, किसी मर्द से प्यार जताती है, वह कलंकिनी कैसे हो जाती है?'

रज्जो की बातों से कन्नी काटती हुई मनोरमा बोली, 'वो इसलिए बेटा, कि एक पुरुष प्यार की आढ़ में, एक स्त्री के भरण-पोषण का जीवन दायित्व लेता है, पर स्त्री ऐसा नहीं कर सकती| बल्कि वह तो पुरुष जीवन के दायित्व को बढ़ा देती है|'

रज्जो को माँ का इस कदर समस्या पूर्ति करना, अच्छा नहीं लगा, बोली, 'इस फिलोसफी में तो, यह दिखाया गया है कि पुरुषों को देवियों की शक्ति की कोई जरुरत नहीं, यह फिलोसफी तो मुझे सौ साल का पिछड़ा हुआ लगता है|'

मनोरमा, रज्जो को समझती हुई, कही, 'बेटा! तुमको ज्ञात नहीं, कुछ बातें ऐसी होती हैं, जो कभी पुरानी नहीं होतीं| समाज में इस तरह की समस्याएँ हमेशा उठती रही हैं, और हमेशा उठती रहेंगी| पर तुमको इन सब बातों से क्या लेना-देना? छोडो, इन उलटी-सीधी बातों को, और जावो खाना खा लो, रूपा आती होगी|'

रज्जो नहा-धोकर, तौलिये से सर का बाल पोंछती हुई, दीवार पर टंगी बड़े दर्पण के सामने खड़ी थी, अचानक आइने में देखी, रूपा आ रही है| अकेले नहीं, अपने पति, सोहन बाबू के साथ| रज्जो अपनी भोली आँखों से रूपा को देखकर मुस्कुराई, बोली, 'रूपा आओ, बैठो, बताओ कैसे आना हुआ?' रूपा रज्जो के सौहार्द्र से

खुश थी, मगर चुप थी | तभी उसके पति सोहनबाबू बोल पड़े, 'आपका घर बहुत सुन्दर है|'

रज्जो, अपने सर के बाल को समेटती हुई, हँसकर पूछी, 'और घर के लोग?'

सोहन बाबू स्नेह भरी नजरों से रज्जो की ओर देखकर कहे, 'घर से भी ज्यादा सुंदर|'

रूपा, बीच में कटाक्ष कर कही, 'जिसकी यह होयेगी, वह तो और भी सुन्दर है|'

सोहन बाबू विस्मित होकर पूछ लिए, 'तुमने उन्हें कहाँ देखा, जब कि अभी इनकी शादी नहीं हुई है?'

रूपा, 'देखने के लिये अंतर्मन की जरुरत होती है, जैसा देखोगे, वैसा दीखेगा|'

रूपा की बात से सोहन बाबू मन ही मन कहे, रूपा, रज्जो की सहेली रही है| हो सकता है, वह रज्जो के रग-रग से वाकिफ हो,आपस में कोई बात राज न हो, तभी ऐसा बोल रही है|


एक हप्ते तक, रज्जो को विवेक के दर्शन नहीं हुए| अब उसके आने की कोई आशा भी नहीं थी| रज्जो ने सोचा, 'आखिर बेवफा निकला, व्यर्थ मैंने उससे दिल लगाया|' सभी दुर्बल मनुष्यों की भाँति रज्जो भी अपने पतन पर शर्मशार थी| वह जब तक एकांत में बैठती, उसे अपनी हालत पर दुःख होता| वह इतना विवेक-शून्य नहीं थी, कि अपनी अधोगति पर खुश रहती, दिन उद्वेग के जंगल में भटक-भटक कर कटता, रात निराशा की अन्धकारमय घाटियाँ आ जातीं, जहाँ बैठकर जी भर रोती, कहती, विवेक, सचमुच मैं तुम्हारे योग्य नहीं हूँ| तुम जिस शिखर पर मुझे ले जाना चाहते हो, वहाँ तक पहुँचने की ताकत मुझमें नहीं है| मैं जानती हूँ, तुम अपने दिल से मुझे निकाल भी चुके होगे| अच्छा किया, अब मैं स्वतंत्र हो गई, अब मुझे न डूबने का दुःख होगा, न तैरने की ख़ुशी, और न ही अब मेरे मरने या घोर संकट में फंसने पर तुम्हें दुःख होगा| न आँखों से आँसू बहेंगे, तुम भी मेरी तरफ से चिंतामुक्त हो जावोगे| पर मेरे मरने की खबर अगर मिल जाये, तो मेरी लाश पर अपने प्यार और मेरे गुनाह के एक फूल जरूर चढ़ा देना| वो दिन मेरे लिए सबसे बेहतरीन दिन होगा, मैं मरकर भी, तुमको अपने दिल का देवता बनाकर पूजती रहूँगी, क्योंकि तुम मेरे जीवन का पहला और आखिरी अनुराग रत्न हो, तुमको भला कैसे छोड़ सकती हूँ?'

एक दिन विवेक का मन इतना प्रवल वेग से रज्जो की ओर खींचा, कि वह रज्जो के घर कीओर चल दिया| रज्जो ने जब देखा, घर से कुछ दूर पर विवेक खड़ा है, उसका निष्कपट मन, प्रेमोन्माद से भर उठा| उसके नजर के सामने एक नवीन दृश्य था| वह सोचने लगी, 'पुष्पों से लहराता यह बाग़, जिसके चहारदीवारी में कैद रहकर जीवन भर स्वाधीनता का आनन्द लेती रहूँगी| वह चलकर यहाँ कैसे आ पहुँचा? वह ज्यों-ज्यों विवेक के प्रेमपाश में फंसती गई, त्यों-त्यों सोचती रही, आपको भी अगर मेरी तरह जो वफ़ा की तलाश नहीं रहती, तब यहाँ आप आते ही क्यों?' वह बाज की तरह टूटकर धम-धम करती हुई सीढ़ियों से उतरकर, विवेक के पास

आकर खड़ी हो गई| यह देखकर विवेक का मुखमंडल तेज हो गया, अभिमान से गर्दन तन गया|

रज्जो, आँसुओं के वेग को रोककर बोली, 'तुम कब आये? देखो,

गर्द से भरी हुई फागुन की वायु, तुम्हारे चेहरे को कैसे ढँक दिया है? यह भी कोई जगह है इंतजार करने का|'

विवेक व्यंग्य कर बोला, 'मैं भी जानता हूँ रज्जो, कि यह जगह इंतजार करने का नहीं है, मगर जहाँ होना चाहिये, वह जगह मेरे नसीब में नहीं है| ऐसे में मैं किसे दोष दूँ?'

रज्जो के विचारों ने अचानक पलटा खाया, कही, 'आपकी तरह मैं भाँग खाकर नहीं आई हूँ, जो बिना सर-पैर की बात करूँ| चलो सामने हरे-भरे मैदान हैं, उसमें सुगंधमय घासें लहरा रही हैं| वहाँ चलकर बैंठें, यौवन को प्रेम की इतनी क्षुधा नहीं होती, जितनी आत्म-प्रदर्शन की, आज महीनों की भूख मिटेगी|'

विवेक ने कोई उत्तर नहीं दिया, हतबुद्धि-सा बैठा रहा, और मन ही मन कहा, 'इसका अर्थ यह हुआ, कि हमारा प्रेम इतने ऊँचे स्थान

पर पहुँच गया कि वहाँ पहुँचकर देवत्व का रूप ले लिया| अब हमें एक दूसरे की पूजा और आराधना शुरू कर देना चाहिए|'


विवेक, रज्जो का हाथ पकड़कर, बिठाते हुए कहा, 'दरअसल ये सब बातें उन ब्राह्मणों द्वारा कही गई है, जो यह सोचता है कि हम उन प्राणियों में हैं, जिन्हें मौत की चिंता नहीं होती| उन्हें यह भ्रम हो गया था, कि दुर्बल स्वास्थ्य के मनुष्य यदि पथ्य और विचार से रहें, तो बहुत दिनों तक ज़िंदा रह सकते हैं| ये पथ्य और विचार की सीमा से बाहर कभी नहीं जाते, फिर मौत को उनसे क्या दुश्मनी, जो इनके पीछे भागेगी| दरअसल यह सब, कमजोर दिमाग की उपज है, मृत्यु किसी को नहीं छोड़ती, देर-सवेर सब को जाना है| प्यार और प्रीति भी ईश्वर प्रदत्त है, जिसे साथ पाकर हम उसे भोग नहीं सकते हैं| इसलिए ऐसी फिजूल की बातें न सोचकर, बल्कि यह सोचो कि दुनिया की नजरों में जितना जल्द हो हम एक हो जाएँ, क्योंकि ऐसे रिश्ते के ताने बहुत सहने पड़ते हैं| कभी-कभी तो, दोनों प्रेमियों को मरकर इसका मूल्य चुकाना पड़ता है|' फिर आहत कंठ से कहा, 'रज्जो,आदमी के महत्वाकांक्षाओं का प्रचंड महासागर उद्योग का अनंत भंडार, प्रेम और द्वेष, सुख और दुःख का लीला क्षेत्र, बुद्धि और बल की रंगभूमि न जाने कब और कहाँ लीन हो जाती है, किसी को खबर तक नहीं होती| एक हिचकी के साथ सब कुछ ख़त्म हो जाता है| उसके बाद इस जीवन का क्या होता है, कोई नहीं जानता, प्रेम का पूर्ण परिचय आत्मा से है|' इसलिये यह जीवन ही एक दीर्घ तपस्या है| इसका उद्देश्य कर्त्तव्य पालन है, अर्थात जो काम ईश्वर द्वारा सौंपा गया है, उसे पूरा करना,

न कि उसे, आदर के उस ऊँचे शिखर पर ले जाकर स्थापित कर पूजा करना|

विवेक की बातों में इतनी सहृदयता, इतनी संवेदना भरी हुई थी, कि रज्जो को एक प्रकार की संतावना का अनुभव हुआ, यहाँ कोई अपना नहीं है| यह सोचने में उसे भूल प्रतीत हुई| उसकी सारी सदवृतियाँ उमड़ उठीं, मुख पर अनुराग का तेज दौड़ गया| मानो समाज द्वारा बनाई वो बेड़ियाँ, जो उसके पैरों को आगे बढ़ने नहीं देती थीं, वे टूट गईं| उसके सारे अवयव बिगड़ गये| कदाचित उसे प्यार का यथार्थ ज्ञान हो आया| उसने अश्रुकंपित कंठ से कहा, 'आज समझ में आया मुझे कि,मैत्री परिस्थितियों का विचार नहीं करती, और किसी में यह विचार बना रहे, तो समझो मैत्री नहीं है| मेरा भविष्य, मेरी सारी आशाओं और आकांक्षाओं के साथ, मेरे साथ है, जिसमें जीवन है, लालसा है, प्रेम है, विनोद है, तरंग है, नाद है; अब कैसा इन्तजार, मुझे आज ही घर पहुँचकर बात आगे बढ़ाना होगा|'

घर पहुँचकर रज्जो, बड़ी देर तक आनन्द कल्पनाओं में बैठी रहीं, जिन भावनाओं को उसने कभी मन में आश्रय नहीं दिया था, जिसकी गहराई और विस्तार, और उद्वेग से वह इतनी भयभीत थी, कि उसमें डूब जाने के भय से अपने चंचल मन को भटकने नहीं देती थी| उसी अथाह और कठोर कल्पना सागर में वह, आज स्वच्छंद और निडर होकर क्रीड़ा कर रही थी| उसे वह नौका जो

मिल गया था, जो भवसागर से पार कराने के लिये प्राणप्रतिज्ञा किये बैठा था|

दूसरे दिन, रज्जो ने रूपा को खबर भिजवाया, कहा, 'रूपा, जितना जल्द संभव हो, तुम एक बार मेरे घर आ जावो, और नहीं तो अपने घर मुझे बुला लो| मैं तुमसे मिलना चाहती हूँ, आज ही|' मैं विवेक को लेकर बहुत परेशान हूँ, जानती हो, 'उसकी दृष्टि में अब मेरी कोई प्रतिष्ठा नहीं रही, वह मुख भी नहीं देखना चाहता| उसके हृदय में मेरे लिए जो प्रेम और प्रतिष्ठा थी, वे सभी जल-कण की भाँति उड़ गए| जो मेरी एक हुक्म पर अपनी जान ख़तम करने की बात करता था, वह मेरे एक छोटे से बाल-व्यवहार को माफ़ नहीं कर सका|'

सोचती हूँ, जब वह मुझे भुला दिया तो, मैं क्यूँ उसकी याद में अपना प्राण घुलाऊँ| पर इस आवारा मन का क्या करूँ, जितना उसे भूलने की मैं कोशिश करती हूँ, यह उतना ही याद दिलाता है| मैं कुछ निर्णय नहीं ले पा रही हूँ, मन का मान लूँ कि दिल का? इसलिये मुझे तुम्हारी सलाह की जरूरत है|

रज्जो का संदेश पाकर,रूपा तुरंत रज्जो के घर पहुँची| रूपा के पहुँचने के बाद, रज्जो बहुत प्रसन्न हुई, मानो बालू पर तड़पती हुई मछली, पानी में जा पहुँची| उसने रोते हुए कहा, 'रूपा, मेरा प्यार

पिता की आज्ञा के अधीन नहीं हो सकता| मैं विवेक से बहुत प्यार करती हूँ, अगर उसका ज़रा सा इशारा मिल जाये, तो मैं आग में कूद सकती हूँ, और मुझे विशवास है कि विवेक को भी मुझसे इतना ही प्यार है| लेकिन प्रेम केवल दो हृदयों को मिलाता है, देह पर उसका वश नहीं है| पिताजी की नजर में विवेक कुचरित्र, कुमार्गी है, परन्तु मेरे लिये वह राम-तुल्य है| मैं उसके बगैर जी नहीं सकती| पर यह भी सच है, कि मैं पिताजी की आज्ञा की अवहेलना भी नहीं कर सकती, क्योंकि मेरी सेवा में वे अपने जीवन के 21 साल लगा दिए| मेरी हर जिद्द को पूरा किये| जब मेरी बारी आई, मेरे जीवन के अंतिम जिद्द को पूरा करने की, तब वे मुँह मोड़ लिए|‘

रूपा, रज्जो के बचपन की सहेली थी, रज्जो की मनोव्यथा को सुनकर रूपा का मुखकमल मुरझा गया| वह सोचने लगी, प्रेम का सम्बन्ध केवल दो हृदयों से है| किसी तीसरे प्राणी की क्या जरूरत? ऐसे तो प्रेम के सामने पिता की क्या हस्ती है, यह ताप अनादि ज्योति की एक आभा है| यह दाह अनंत शान्ति का एक मन्त्र है| इस ताप को कौन मिटा सकता है?

रूपा ने देखा, रज्जो, यह बताते हुए आत्मविस्मृति की दशा में मग्न हो गई| उसे लेशमात्र भी अनुमान न था, कि मैं प्रेम वासना की ओर खिंची चली जा रही हूँ| वह इस प्रेम नशे में कितनी ही ऐसी बातें कह गई, जिन्हें सुनकर वह पहले अपने कानों पर हाथ रख लेती थी| रज्जो की बातों से रूपा को ऐसा लगा, कि इस दुनिया में रज्जो

का मददगार एक मात्र मैं ही हूँ| जो मैं साथ नहीं दी, तब रज्जो टूट जायेगी| यह सोचकर उसके आँखों में आँसू भर आये और मन ही मन कही, मैं आज ही तुम्हारे पिता जी के कोर्ट में अपील करूँगी| रूपा की बात से रज्जो की झुलसी हुई आशा-लता पुन: एक बार सुखद समीरण से लहराने लगी|

शाम को जब रज्जो के पिता (बलवंत जी) बैठे समाचार-पत्र पढ़ रहे थे| रूपा, सर्वप्रथम उस दिव्य और विमल आत्मा को प्रणाम की, और बोली, 'चाचा जी, इस दुस्साहस के लिये मैं आपसे क्षमा माँगती हूँ, जो जरूरी नहीं होता, मैं आपको समाचार पत्र पढ़ने में खलन नहीं डालती|'

बलवंत जी, नजरें उठाकर देखे,बोले, 'रूपा, तुम, यहाँ कैसे? ससुराल से कब आई, कैसी हो, अकेली क्यों, दामाद जी कहाँ हैं? घर पर माँ, पिताजी सभी ठीक हैं? आओ बैठो, और बताओ, क्या जरूरी काम है?'

रूपा, आत्मीयता के साथ कही, 'चाचा जी! आजकल न्याय, गरीब और कमजोर के लिए अलभ्य हो गया है, है न?'

बलवंत, मुस्कुराते हुए बोले, 'मगर, तुमको इन सब बातों से क्या लेना-देना? छोडो न जिसे पड़ेगी, वो समझेगा; तुम्हारा कोई है जिसे अपील में जाना है?'

रूपा कातर स्वर में बोली, 'है न चाचा, तभी तो आप के पास आई हूँ|'

बलवंत बोले, 'अपील में लोग जाते तो हैं, पर कभी-कभी अपील करना निष्फल भी हो जाता है| बहुत कम ऐसा देखा गया है कि जज अपने पुराने फैसले को बदलकर अनुकूल फैसला सुनाया हो, फिर भी अपील तो करनी ही चाहिए|'

रूपा, कमजोर आवाज में कही, 'चाचा जी, मेरी भी एक अपील है, आपके कोर्ट में| पहले का फैसला जानती हूँ, बावजूद आई हूँ| यह कहकर दोनों हाथ से बलवंत का पैर पकड़कर बैठ गई|

बलवंत, रूपा को उठाकर अपनी छाती से लगा लिए, और बोले, 'बेटा! मेरी एक हाँ से तुम्हारी कोई समस्या दूर हो, तो मैं सौ बार हाँ कहूँगा| तुम बोलकर तो देखो|

रूपा कांपते हुए स्वर में बोली, 'लोग कहते हैं, शादी दो आत्माओं का मिलन ही नहीं, दो शरीर का भी मिलन होता है| सिर्फ आत्मा के मिलन की बात होती, तो वह दूर-दूर रहकर भी हो सकता है| शरीर मिलन के लिए पास आना होता है|'

रूपा की बात सुनकर चाचा बलवंत का शरीर अंतरस्थ दाह से खुल उठा, रूपा के उद्देश्य से विस्मृत हो गये; कहे, 'सचमुच मनुष्य अपने भाग्य का खिलौना होता है| अभी मेरी दशा ऐसी है कि मृत्यु ही मेरी, सारे दुखों का उपाय है| लोग क्या कहेंगे, यही तो कि बलवंत संसार से विरक्त होकर अपना प्राण त्याग दिया| सोचते-सोचते बलवंत शोकातुर हो गए, और आँखों से आँसू निकल आये|

बलवंत उनमें नहीं थे जो अपना सब कुछ हारकर अकड़ते हुए चलते हैं| वे बड़े ही गंभीर प्रकृति के आदमी थे, कठिनाइयों में भी उनकी हिम्मत नहीं टूटती थी| उनके सामने धैर्य भी विचलित, अस्थिर हो जाता था| आज पहली बार नैराश्य उनके जिन भावों को उत्तेजित रखा था, वह अकस्मात् शिथिल पड़ गया| उन्होंने कहा, 'बेटा रूपा! मृत्यु दूर से इतनी विकराल नहीं दीखती, जितनी सम्मुख पाकर, जब से मैंने रज्जो का, उदास चेहरा देखा है, सच मानो, मैं यही सोचता हूँ यश, सुकृति, उसके सामने बेकार है| इतने दिनों तक मैं अपनी विजय ज्योति से चमक रहा था| मैं भी क्या पिता हूँ, ईश्वर का भय नहीं कर, समाज का भय किया| कभी यह नहीं सोचा, मेरे बाद मेरी बेटी का देखभाल कौन करेगा| मैं अपने

जिद्द पर अड़ा रहा, और रज्जो अपनी जिद्द पर| मैंने अपनी जिद्द को पूरा करने के लिए, अपनी बेटी का गला दबा दिया|' फिर एकाएक खड़े हो गये और बोले, 'बेटी रूपा उठो, अपने आँसू पोछ लो, मैं इतना भी क्षुद्र हृदय का नहीं हूँ, कि तुमको रज्जो की नजर में, गिरा दूँ|' बलवंत जी का कृत्रिम क्रोध जब शांत हुआ, उसकी जगह लज्जा और दीनता ने ले ली, जिससे चेहरा किसी अपराधी सा हो गया| वे रूपा की ओर दीन दृष्टि से देखकर बोले, 'बेटी! मैं आज तुम्हारी योग्यता और वाक्यचतुरता का कायल हो गया हूँ, जावो, जाकर रज्जो से बोल दो|' यह मानव प्रकृति है, मनुष्य को स्वभावतः दबाव से, रोक-थाम से, चाहे वह उसी के उपकार के लिए क्यों न हो, चिढ़ होती है, शायद यही मेरा हाल था| अपनी ख़ुशी के लिए नीम की पत्तियाँ चबाता रहा, और दूध को जबरदस्ती का जहर समझता रहा| जानती हो बेटा, 'कभी-कभी मानव-जीवन में ऐसा भी घटित होता है, कि अच्छे काम को भी न करने का सनक आदमी के दिमाग पर सवार होता है, तब अगल-बगल का ज्ञान नहीं रहता|' यह कहकर बलवंत जी की त्योरियाँ बदल गईं, और क्रोध देवता, प्रेम की मूर्ति बन गया|


इधर कमरे के बाहर, कोने में छिपकर खड़ी रज्जो, पिता और रूपा की बातों को, अपने रोएँ-रोएँ को कान बनाकर सुन रही थी| रूपा जब बाहर निकली, देखी, रज्जो, जिसे एक मुरझाये हुए पौधे की तरह कमरे के बाहर छोड़ आई थी, वह पौधा कितनी जल्द तनावर दरख्त हो गया|

रज्जो, 'रूपा को देखते ही, उसके गले से लिपट गई, और रुंधे स्वर में बोली, 'यह सब तुम्हारी बातों का असर है, जो आज पिताजी इंसानियत के दर्जे से उठकर फ़रिश्ता बन गए| अब आगे जो कुछ करना होगा, तुम्हीं को करना है|'

रूपा, रसपूर्ण शब्दों में बोली, 'आगे क्या करना है, मुझे क्या मालूम, आगे तो बस मैं इतना जानती हूँ, तुम्हारी शादी होगी| विवेक जी आयेंगे, आकर, अपने साथ तुमको अपने घर ले जायेंगे| सब तो तुम्हीं को करना होगा| भला तुम्हारी जगह मैं कैसे ले सकती हूँ?'

रज्जो को समझ न आ रहा था कि रूपा को कैसे समझाऊँ? वह इसी विचार में मग्न थी, कि उसके पिता बलवंत कमरे से बाहर निकले| दोनों सहेली धीरे-धीरे बातें कर रही थीं; देखकर बोले, 'रूपा, चाची से जाकर बताओ, कि शादी बड़े धूमधाम से होनी चाहिए| किसी प्रकार की कोई कमी न रह पाए| गाँव वाले, सौ साल तक याद रखे|'

पिता के मुख से ऐसी बात सुनकर रज्जो शर्मा गई, और वहाँ से भागकर अपने कमरे में चली आई| रूपा कुछ मिनट तक वहीँ चुपचाप खड़ी रही, सहसा इसी अर्धचेतनावस्था से जागी, जैसे कोई रोगी देर तक मूर्च्छित रहने के बाद चौंक पड़ा हो| अपनी अवस्था

का ज्ञान होते ही वह चाची मनोरमा के पास गई| पाँव छूकर बोली, 'चाची जी, मैं आप से कुछ बताने आई हूँ|'

चाची, 'पहले यह बताओ, कि कैसी हो, कब आना हुआ? रज्जो से तुम्हारी मुलाकात हुई या नहीं?'

रज्जो, मुस्कुराती हुई बोली, 'चाची जी, आपके आशीर्वाद से सब कुछ ठीक है, रज्जो से मुलाकात हो चुकी है| दरअसल मैं उसी के बारे में कुछ बताने आई हूँ|'

मनोरमा, गंभीर भाव से कही, 'बेटा! मैं क्या करूँ, रज्जो जिसे पसंद करती है, उसके पिता उसे देखना तक पसंद नहीं करते हैं; ऐसे में तुम्हीं बताओ कि मैं क्या करूँ?'

चाची की बात का समर्थन करती हुई रूपा बोली, 'मैंने तीन घंटे, चाचा जी के चरणों में अपनी भक्ति लगाई, और रज्जो को पूरी तरह बरी करा ली| अब वह बिलकुल स्वतंत्र है, जहाँ चाहे शादी कर सकती है|' फिर सदोष नेत्रों से देखकर कही, 'यह मेरा वक्तव्य नहीं है, बल्कि ऐसा चाचा जी ने, बरी करते समय कहा है| जानती हैं चाची जी! मुझे आज समझ आया कि चाचा जी की अकृपा में

दया, निष्ठुरता में हार्दिक स्नेह छुपा होता है।' उन्होंने कहा, 'सिद्धांत ,मनुष्य के लिए है, मनुष्य सिद्धांतों के लिये नहीं है।'


रूपा की बातों को सुनकर, चाची (मनोरमा) का हृदय उछल पडा। उसने कहा, 'जानती हो, रूपा, मेरे हृदय में आशा का एक सूक्ष्म काल्पनिक बंधन, मेरे पैरों में बेड़ियों का काम करता रहा, जिसे तोड़ने की मैं हिम्मत जुटा नहीं सकी। अन्यथा शादी के लिए, तो कितने ही लड़के वाले आये। मैंने विवेक को किसी सघन वृक्ष की तरह रज्जो पर छाया डालते हुए अनुभव किया है। जानती हो, इस अधिकार के लिये रज्जो को अपनी आत्मा का कितना हनन करना पडा है; बेचारी ज़िंदा रहकर, जीवन को तरस गई।' मनोरमा शोकमय विचारों में भूल गई, कि उसे रज्जो की शादी की तैयारी करनी है। उसने और वख्त न गँवाती हुई रूपा से कही, 'बेटा! अब राम जी का नाम लेकर शादी की तैयारी में जुट जाओ। कल अपने पति, श्यामचरण जी के साथ विवेक के घर जाकर उससे बात करो। उसे बता दो, कि चाचा और चाची, शीघ्र आपके माता-पिता से आकर मिलेंगे। देखो, विवेक का रुख क्या है?' यह कहते हुए मनोरमा का चेहरा, आत्मोल्लास से चमक रहा था। हृदय ऐसा पुलकित हो रहा था, मानो द्वार पर बारात आई हो। मन में भाँति-भाँति की उमंगें उठ रही थीं। इस आनन्दोत्सव में मन ही मन दूर खड़ी, रज्जो भी, शरीक थी। उसका हृदय बाँसों उछल रहा था और आँखें आनन्द के अश्रु-बिंदुओं से भरी हुई थीं। आज महीनों के कठिन इंतजार का अंत हुआ। उसका हृदय अभिलाषाओं से आंदोलित हो रहा था, किन्तु नेत्र में तृष्णा नहीं थी, न ही अधरों पर

मृदु मुस्कान थी। वह इस तरह खड़ी थी, जैसे कोई नववधु ससुराल आई हो।

दूसरे दिन सुबह रूपा और उसके पति, श्यामचरण जी को अपने घर आता देख, विवेक बड़ा अचंभित हुआ। वह दौड़कर, दरवाजा खोला, और कमरे में सोफे पर बिठाते हुए पूछा, 'चाय या काफ़ी?'

रूपा हँसकर कही, 'आज तो दोनों लूँगी, मगर अभी नहीं। मैं जो तुम्हारे माता-पिता से कहने आई हूँ, कह लूँ।' रूपा बोली, 'चाचा-चाची कहाँ हैं, मिलवाओगे नहीं?'

विवेक, 'क्यों नहीं, पिताजी खेत पर गये हैं। माँ पूजा कर रही है, अभी बुलाकर लाता हूँ।' पूजा ख़त्म होते ही, विवेक, माँ को लेकर रूपा के पास आ गया, और कहा, 'रूपा, माँ आई है।'

रूपा तथा उसके पति, दोनों उठकर विवेक की माँ के चरण छूए। फिर सभी बैठकर बातें करने लगे।

रूपा ने कहा, 'चाची! हमदोनों को यहाँ बलवंत चाचा ने भेजा है।'

विवेक की माँ, 'कोई बात है क्या, बेटा बताओ?'

रूपा, 'चाची, आपके घर शीघ्र ही शहनाई बजने वाली है!'

विवेक की माँ एक बार आश्वस्त नजरों से रूपा की ओर देखी, कही, 'रज्जो गोरी है, सुन्दर है, लावण्य है, सौ बीघा वाला क्या, हजार बीघा वाला भी उसके दरवाजे पर खड़ा रहेगा| रज्जो जिस घर की बहू बनेगी, वह परिवार बड़ा भाग्यवान होगा|' अज्ञात भाव से अपने साँचे में विवेक की माँ को ढलता देख, रूपा बहुत खुश थी| उसने सगर्व गंभीरता से कही, 'तो रिश्ता पक्का मान लूँ चाची?'

विवेक की माँ, विस्मित हो बोली, 'अरे हाँ, ना कहने वाली मैं कौन होती हूँ? मेरे बेटे के साथ शादी थोड़े ही है!'

रूपा, 'ऐसा ही है, चाची! तो क्या रिश्ता पक्का मान लूँ?'

विवेक की माँ बेदिली के साथ कही, 'रूपा, बेटे-बेटियों की शादी, उसके माँ-बाप करते हैं| सगहे-सम्बन्धी नहीं, अगर वे लोग (रज्जो के माँ-बाप) इस रिश्ते के लिए राजी हैं, तो पहल उनकी तरफ से होनी चाहिये| ऐसे भी वे लोग जब चाहें, हमलोग बारात लेकर हाजिर हो जायेंगे|'

माँ और रूपा की बात सुनकर, विवेक का हृदय उछलने लगा| वह मन ही मन, ईश्वर का आभार प्रकट किया, और कहा, 'ईश्वर! मेरा क्या भाग्य-चंद्र फिर से उदय होगा|' फिर अनुग्रह भाव से बोला, 'सच कहता हूँ, कितनी ही बार इच्छा हुई, कि अपनी आत्म-हत्या कर लूँ किन्तु आशा का एक अत्यंत सूक्ष्म,काल्पनिक बंधन मेरे पैरों में बेड़ियों का काम करता रहा| मैं सोते-जागते सदैव अपने चारो ओर सत्यव्रत को फैले हुए देखता रहा| जब भी मैं उदास होता था, मेरे काल्पनिक अंधकार में यही ज्योति दीपक का काम देती थी, जिसके उजाले में, मैं खुद को सुरक्षित पाता था|' यही कारण है, कि मैं, भटका नहीं, आज भी ज़िंदा हूँ| विवेक कई मिनट तक चुपचाप खड़ा, दोनों की बातें सुनता रहा; और अचानक, जब उसे अवस्था का ज्ञान हुआ, वहाँ से चल दिया|

रूपा जब विवेक के घर से लौटकर, रज्जो के घर उसके कमरे में पहुँची, संध्या हो चुकी थी| रज्जो अपने अँधेरे कमरे में लेटी हुई कल्पना लोक की सैर कर रही थी, कि उसे किसी के आने की आहट सुनाई पड़ी| वह उठ बैठी, देखी, 'रूपा चौकठ पर खड़ी मुस्कुरा रही है|' रज्जो लपककर रूपा के गले लग गई, और अपनी बड़ी-बड़ी आँखों से रूपा की तरफ देखकर बोली, 'तुम बचपन से ही सब की आज्ञाकारी, विनयशील और गंभीर रही हो, और आज भी हो| जिसके कारण कभी-कभी तुमको परेशानियाँ भी झेलनी

पड़ती है| पर मैं करती भी क्या, तुम्हारे सिवा और कोई तो मेरा अपना है नहीं, जिससे खुलकर, हर स्थिति पर मैं विचार करूँ|'

रूपा, रज्जो के पाँव में ठोकर मारकर कही, 'तुम इसे तकल्लुफ कहती हो? पर मैं समझती हूँ, कि तुम्हारे समक्ष मैं अपना आदर बढ़ा रही हूँ|'

रज्जो, रूपा की तरफ जिज्ञासा की दृष्टि से देखकर हँसती हुई कही, 'तुम्हारा संदेह निराधार नहीं है|'

रूपा का हृदय पहले भी उदार था, अब वह और दानशील हो गई, बोली, 'रज्जो, ठीक है, तो मैं चाचा जी और चाची से मिलकर सारी बातें बता दूँ| संध्या गहरी हो रही है, घर भी तो जाना है| इस बीच अगर मेरी जरूरत लगे, तो निःसंकोच खबर देना|'

अन्धेरा बढ़ चला था, पिता बलवंत, रूपा के लौटकर आने के इंतजार में, घर के बाहर घोर चिंता की दशा में टहल रहे थे| वे जितना ही विचार करते थे, उतने ही अपने ही विचार के जाल में उलझते हुए खुद को उतना ही दोषी पाते थे| तभी रूपा, बलवंत जी से आकर कही, 'प्रणाम चाचा जी!'

बलवंत जी, रूपा की आवाज पहचानते ही बोले, 'हाँ बेटा बोलो, कब आई, वहाँ सब ठीक है तो?'

रूपा ने देखा, चाचा जी की आँखें झुकी हुई हैं, और मुख पर मर्माघात की आभा झलक रही है| उसने उग्रावस्था में स्थिति को उससे कहीं भयंकर समझ लिया जितनी वह वस्तुत: थी नहीं, इसलिये ज्यादा कुछ न बोलकर, सिर्फ इतना बताई, कि वे लोग शादी के लिये तैयार हैं| आपकी तरफ से दिन-तारीख का इंतजार है|

बलवंत, दोनों पति-पत्नी तन-मन से विवाह की तैयारियों में जुट गए| दोनों सुबह से शाम तक विवाह के कामों में उलझे रहते| नित शहर जाते, बावजूद कुछ न कुछ कमियाँ रह जातीं| सुबह का निकला शाम को घर लौटते, और विस्तर पर लेटते ही खरटि लेने लगते| मनोरमा विवाह सम्बंधी, रश्मों से जुड़ा बर्त्तन, कपड़े आदि की व्यवस्था में इतना थक जाती, कि होश ही नहीं रहता, कि पूछे बलवंत आज बाजार से क्या-क्या लाये?

रज्जो के विवाह को जब केवल पाँच दिन बाकी बचे, तब रज्जो के घर वाले विवेक के घर नाई और ब्राह्मण को भेजकर शगुन के सुपारी और शुभ मुहूर्त्त की तिथि भिजवाये| विवेक के माता-पिता, जल्दी की तारीख से चिंतित अवश्य हुए| पर शीघ्र ही बोले, 'पाँच

दिन बहुत है, तब थोड़ी और मोहलत मिलती, तो अच्छा होता| एक ही सन्तान है, और अरमान अनेकों| देखूँ कैसे पूरा होता है?'


नातेदार और संबंधी, दूर से समीप आने लगे, आँगन में सुन्दर मंडप सजाया गया| फूल-पत्तियाँ, और रंग-विरंगे रंगों से घर आँगन को रंगा गया| रज्जो के हाथ में कच्चे धागे का कंगन, बाँधते ही रीतिनुसार घर से बाहर निकलना बंद हो गया| सुबह-शाम हल्दी लगने लगी, गाँव की औरतें, नित रात को गीत-भजन गाने लगी| रूपा के लिए रज्जो से बढ़कर जगत में दूसरी वस्तु नहीं थी| रज्जो, उसके नयन की ज्योति और हृदय की उत्साह थी| उसकी सर्वोच्च सांसारिक अभिलाषा यह थी, कि रज्जो मेरी प्यारी सहेली, अच्छे घर में जाये| सास-ससुर देवता समान हों, पति शिष्टता की मूर्ति और रामचन्द्र हों, जो मेरी सहेली को सीता जी की तरह हमेशा अपनी नजरों के सामने रखे| आज रूपा का सभी मनोरथ पूरा होने वाला था, बस दो दिन बाद ही रज्जो, विवेक के घर, बहू बनकर चली जायेगी| ईश्वर! उसके इस नव-गृहस्थी पर, दोनों पति-पत्नी को, तुम्हें साक्षी रखकर, युग-युगांतर तक राज करती रहने का शुभ आशीर्वाद देती हूँ| तुम मेरे आशीर्वाद की रक्षा करना!


यों तो रज्जो के मित्रों की संख्या बहुत अधिक थी, पर उनमें से कुछ, जो लोग उसके हृदय के अधिक पास थे, उन्हें शादी का निमंत्रण कार्ड भेजकर, आने का आग्रह करती हुई, लिखी, 'शादी में तोहफ़ा, प्यार के सिवा और कुछ मत लाना| वरना मैं नाराज हो जाऊँगी,

उन्हीं मित्रों में, पारो एक थी| बचपन में दोनों में इतनी दोस्ती थी, कि दोनों की माँयें कहती थीं, एक ही बार दोनों शादी करेगी, तभी ऐसी दोस्ती का निर्वाह संभव है| पारो, रज्जो की शादी का कार्ड पाकर इतनी खुश हुई, कि वह रज्जो से मिलने उसके घर दौड़ी चली आई; वहाँ पहुँचकर देखी, 'रज्जो, अपने कमरे में एक चारपाई पर आँखें बंद कर लेटी हुई है| कमरे की वस्तुएँ, इधर-उधर बिखरी पड़ीं हैं| पारो भागती हुई उसके पास गई और बोली, 'सोई हो या जगी? अगर सो रही हो तो, अभी के लिए मैं जाती हूँ, कल फिर आऊँगी|' रज्जो चौंककर उठ बैठी, बोली, 'पगली! तुम कब आई? अभी मैं तुम्हारे ही बारे में सोच रही थी|' बोलो, 'कैसी हो?'

पारो, रज्जो के गालों पर खेल रहे लट को सुलझाती हुई बोली, 'बिल्कुल ठीक-ठाक, पर तुम्हारे लिए एक मंत्र लेकर आई हूँ|'

रज्जो, 'क्या है वह मंत्र, जल्दी बताओ|'

पारो बताती हूँ, 'ध्यान देकर सुनो! पति से जी भरकर प्यार करना, पर जतलाना नहीं; नहीं तो वे इतना परेशान करेंगे कि बताकर पछताओगी| हर प्रकार से आदर करना, उन पर प्राण समर्पण कर देना, यह सोचकर, कि यही मेरे देवता हैं और मैं पुजारन| बात-बात में तो नहीं, पर कभी-कभी रूठना जरूर,नहीं तो, प्यार का मजा जाता रहता है|' फिर कुछ देर ठहरकर बोली, 'एक बात और है,

रज्जो| पुरुष की आदत होती है, पत्नी के आगे,दूसरी औरत की सुन्दरता का बखान करने की| जब वे ऐसा करें, तब रोना नहीं, बल्कि कहना, हम स्त्रियाँ "सुन्दर" होती ही हैं, ये कोई नई बात थोड़े ही है? तब देखना, दोनों हाथ बाँधे, नौकरों की भाँति तुम्हारे आगे खड़े हो जायेंगे|'

रज्जो, 'और आगे बताओ| इतने छोटे मंत्र से तो कमरे के भीतर का काम चलेगा, मगर कमरे के बाहर का?'

पारो मुस्कुराती हुई बोली, 'एक बात याद रखना रज्जो, सुन्दर पुरुष अपने ही सजने-संवरने में रहता है, अपने आगे पत्नी का ध्यान नहीं रखता, इसलिये भूल कर भी पुरुष की सुंदरता का बघार मत करना| बल्कि कोई कमी न होने के बावजूद भी, कुछ न कुछ कमियाँ निकाल देना, जैसे आपकी नाक टेढ़ी क्यों है, आँखें धँसी हुई क्यों हैं, आदि-आदि?'

रज्जो बोली, 'यह सब करने से एक पत्नी को क्या मिलेगा?'

पारो, 'अरि मेरी प्यारी, भोली-भाली रज्जो, इससे होगा कि कोई मर्द अपनी कमी को, पूरा करने के लिए, पत्नी का आदर और प्यार जी-

जान से करता है| बस, एक पत्नी को मान-सम्मान के सिवा और क्या चाहिए?'

अचानक पारो ने पूछा, 'रज्जो, जरा घड़ी में देखना तो, कितने बज रहे हैं? मुझे शहर जाना है|'

रज्जो, घड़ी की तरफ देखकर बोली, 'दिन के दो बज रहे हैं|'

सुनते ही पारो उठकर जाने लगी| रज्जो के पूछने पर, कि चली क्यों जा रही हो, पारो?

पारो ने कहा, 'अरे! मेरी माँ के भोजन का समय हो गया है| बेचारी गठिया भोग रही है, उठ-बैठ नहीं सकती है| मैं फिर आऊँगी, बोलकर चल दी|'

रज्जो फिर से पलंग पर लेट गई और आँखें बंद कर सोचने लगी| विवेक में तो कोई कमी नहीं है, वो तो लंबा-गोरा, गठीला हर तरह से साँचे में ढला हुआ है| बहुत सोच-विचार के बाद उसने पाया कि विवेक के हाथ की एक ऊँगली थोड़ी टेढ़ी है| उसके हृदय की धुकधुकी बढ़ाने के लिए काफी है| मगर तत्क्षण इस खेल-तमाशे से अरूचि हो आई| उसने मन ही मन कहा, 'ये उच्चाकांक्षायें मुझे

पर्वत के पादस्थल तक ले आई| लेकिन ऊपर नहीं ले जा सकी| ये द्रोहात्मक विचार रज्जो के चित्त को मथने लगा| प्यार और पवित्रता का भाव जो उसने बचपन से अपने हृदय में चित्रित कर रखा था| उसका अंत होता देख, भाग्य के भरोसे बैठने का निर्णय लिया और सो गई| स्वप्न में भटकते-भटकते वह उस वाटिका में चली आई, जहाँ बचपन में कैसे-कैसे आनंद के दिन अपने, सहपाठियों के साथ गुजारी थी| वहाँ लगे, फूलों के पौधे इसके गवाही झूम-झूमकर आज भी दे रहे थे| वही एक स्थल है, यहाँ अनेक संध्याएँ, विवेक के साथ छुप-छुपकर प्रेमालाप में व्यतीत हुई थीं| इन्हीं विचारों में रज्जो की दृष्टि उस नीम के पेड़ पर पड़ी, जिसके नीचे विवेक बैठकर, घंटों उसका इंतजार किया था, और देरी से आने पर रूठ गया था| तब मैं हँसती हुई कही थी, 'जो मजा इंतजार में है, वह इकरार में कहाँ?' सचमुच इंतजार का मजा ही अलग है|


मगर शीघ्र ही इंतजार में उसका चित्त इतना उचाट हुआ कि नींद से जाग बैठी, और बोली, 'बस अब और नहीं, झरोखे की तरफ नजर पड़ी तो, देखी अरुणोदय का समय हो रहा है|' तभी घर में चहल-पहल बढ़ गया है| बंगले के, नौकरों के विश्राम-गृह में कहीं मिठाइयाँ बन रही हैं, तो कहीं नाना प्रकार के भोग| मोहल्ले की प्रतिष्ठित महिलायें, गीत-भजन गा रही हैं| हर तरफ आनन्द का माहौल है|

रज्जो की दोनों सहेलियों (पारो और रूपा) अतिथि-सत्कार की तैयारियाँ कर रही हैं| अंक में पूजा का थाल है, जो सुगन्धित फूलों से भरा है| यह सब देखकर रज्जो का मुखमंडल पुष्प की भाँति खिल गया| रात स्वप्न की जो आशाएँ उसे रुलाई थीं, आज उसका चित्त उन आशाओं से रिक्त था| इसीलिये उसका मुख-मंडल दिव्य और नेत्र विकसित थे, सुहावने रागों से समूचा भवन गूंज रहा था| रज्जो सुगंधित जल से स्नान कर देवी की आराधना करने जब मन्दिर पहुँची, देखी, विवेक वहाँ पाँच पंडितों के साथ पूजा में व्यस्त है| वह हल्दी-चंदन से स्नान किया हुआ है, तभी मंदिर-प्राश्रय से सैकड़ों सुगन्धित फूलों की खुशबू आ रही है| रज्जो, पूजा का थाल लिए दूर खड़ी, विवेक की पूजा ख़त्म होने का इंतजार करने लगी| तभी पारो बोल पड़ी, 'देर किस बात की, मन्दिर के देवता को गवाह मानकर, इन फूलों की माला को विवेक के गले में डाल दो, बेचारा तुमको पाने के लिए कितना कष्ट कर रहा है?'


रूपा बोली, 'देखती नहीं, बेचारे का मुख सूखे पत्ते की तरह दीख रहा है| हो न हो, बेचारा रात से अब तक रज्जो को पाने के लिए भूखा है|' रज्जो, विवेक को आँख भर देखी, जैसे कोई प्यासा पथिक गर्मी के दिन में अफरकर पानी पीये, यह सोचकर कि न जाने, इसके बाद फिर कब जल मिले!


विवेक की पूजा ख़त्म होते ही, वह घर चला गया| बाद रज्जो पूजा-अर्चना की, और घर लौट आई| घर लौटकर वह इतनी प्रसन्नचित्त

थी, मानो कल्पवृक्ष मिल गया हो| रज्जो, मन ही मन सोचने लगी, मैंने एक सप्ताह पहले ही उनको देखा था, फिर भी उन्हें पहचान नहीं पाई| कितना सुर्ख चेहरा, कितना भरा हुआ शरीर, ललाट पर लगा आशीर्वाद स्वरूप चंदन और कुमकुम का टीका, उनकी सुन्दरता में चार चाँद लगा रहा था, मानो रूप की खान हो| उनमें सब कुछ है, पर बड़े बेदर्द हैं, नहीं तो क्या, जाते वक्त मुझसे दो बोल तो बोलते? क्या पुरुषों को परमात्मा ने हृदय नहीं दिया| केवल आँखें दी हैं, वे हृदय का कद्र नहीं करना जानते, केवल रंग-रूप पर बिक जाते हैं| आज मेरी जगह अगर कोई दूसरी लड़की होती, तो गुस्से से बावली

हो गई होती! फिर खुद को कोसती हुई, स्वयं से कही, 'जानती हो रज्जो! एक प्रसिद्ध दार्शनिक का कथन है, कि प्रत्येक मनुष्य को जब तक कि उसके विरूद्ध कोई प्रत्यक्ष प्रमाण न पाओ, भलामानस समझो, गलत आरोप तो कभी लगानी ही नहीं चाहिए| हमारी आत्माएँ पवित्र हैं, उनसे घृणा करना परमात्मा से घृणा करना है| इसलिये मुझे ऐसी बातें नहीं करनी चाहिये और तो और, विवेक के बारे में तो कभी नहीं, बेचारे छ: घंटे बाद,मेरे दुःख-सुख के साथी, मेरा सर्वस्ब बनने वाले हैं|'

रात, विवेक और रज्जो की शादी धूम-धाम के साथ संपन्न हो गई| विदागरी के समय रज्जो फूट-फूटकर रोई| डोली में भी लम्बी-लम्बी सिसकियाँ ले रही थी| उसके मुख पर कुछ ऐसी निराशा छाई

हुई थी, जिसे देखकर विवेक से रहा नहीं गया| वह सजल नयन देखकर बोला, 'रज्जो! रो क्यों रही हो?' रज्जो ने कुछ उत्तर नहीं दिया| बल्कि और विलख-विलखकर रोने लगी, यह देखकर विवेक का गांभीर्य जाता रहा, उसने अपने जेब से रूमाल निकाला और रज्जो का आँसू पोछने लगा, और कहा, 'आज पूरे वर्ष के इन्तजार के बाद तुमको करीब से देखने का मौक़ा मिला, और तुम रो रही हो?' रज्जो की आँखें नम थीं, पर मुखमंडल प्रभात काल के कमल के समान खिला हुआ था| रज्जो, विवेक के हाथ से रूमाल अपने पास लेकर रख ली, विवेक समझ गया, मुझसे कोई विरोध या नाराजगी नहीं है|


बल्कि यह तो एक रश्म है, जिसे हर लड़की को,विदागरी के समय निभाना पड़ता है|


रज्जो को पिता का घर छोड़ते, बहुत कष्ट हो रहा था| बचपन इसी घर में अपने माता-पिता की गोद में बिताई, जवान हुई और आज यही सौभाग्य के सुख भी देखी| जिस समय चारो कहार उसकी पालकी उठाये, वह चीख उठी, उसके मन में कुछ वैसे भाव जागृत हो गए| जैसे शव को उठाते समय शोकातुर प्राणियों के मन में आ जाते हैं, और वहाँ सामने खड़े लोगों के गले से लिपट जाते हैं| उसी तरह रज्जो, माँ-बाप का आँगन छुटता देख, डोली के कोने में दीवार से मुँह छुपाकर रोने लगी| वह जिधर भी अपना नजर दौड़ाती थी,

उसे घर का कोना-कोना, जीवन के बिताये 22 साल की मधुर स्मृति से रंजित दीखता था|

पड़ोस की स्त्रियाँ, भाभी, चाची, सहेलियों को जब विदाई का समय मालूम हुआ, तो सब के सब उसे विदा करने आ गईं| रज्जो, अपने मोहल्ले में सब की प्यारी थी| उसकी मीठी-मीठी बातें, उसका प्रसन्न मुख, सबों के दिल को हर लिया था| रज्जो, उन सबों से गले मिलकर आज अपनी नई दुनिया बसाने, विवेक के साथ चली गई|

रज्जो की पालकी देखते ही अपने द्वार पर खड़ी, बाट जोह रही उसकी सासू माँ, सुषमा झटपट रज्जो को पालकी से उतार कर गले लगा ली, बोली, 'बेटी! तुम्हारे आने से आज मेरा परिवार पूरा हो गया|' दिन जाते देर नहीं लगती, देखते-देखते रज्जो, दो संतान की माँ बन गई| उसे अपने बच्चों से बहुत प्यार था| एक दिन रज्जो

आईने के सामने खड़ी होकर अपना बाल संवार रही थी| तभी उसे आइने में विवेक आता दिखाई दिया, वह आव देखी न ताव, दौड़कर विवेक के सीने से लिपट गई, और बोली, 'तुम जब घर पर नहीं होते हो, तब मेरा मन उचाट हो जाता है|' सुषमा को रज्जो का यह व्यवहार अच्छा नहीं लगा, और प्रचंड होकर बोली, 'बहू कुछ लिहाज है,या सब नैहर में रख आई हो|' उसके समझाने के तरीके में सद्भाव का आधिक्य था या, क्रोध का, इसका निर्णय कठिन था|


मगर रज्जो, इसे क्रोध समझती थी, इसलिये वह सासु माँ के पास कम बैठती थी| उसे अपनी दशा पर दुःख होता था| मन ही मन कहती थी, एक वह घर था, जहाँ मैं कितनी स्वतंत्र थी| मैं जो करूँ, जैसे रहूँ, किसी को कुछ लेना-देना नहीं था| यहाँ तो हर कदम अनुमति लेकर उठना-बैठना पड़ता है| विवेक है, कि सुबह का निकला शाम को घर लौटता है| इस घर में मेरा कोई अपना नहीं है| बच्चे, एक तो बोलने सीखे नहीं, दूसरा है, दिन-रात दादी का आँचल पकड़ा रहता है| मैं अब थक चुकी हूँ| मेरी सहेली रूपा ठीक ही कहती थी, पराश्रय से बड़ी विपत्ति दुर्भाग्य के कोश में नहीं है| मेरे पिता का कहना सौ फी सदी सच था, कि दुनिया योग्य वरों से खाली नहीं है| एक से एक पड़े हैं, तब मैंने उनकी एक न सुनी, आज उसका परिणाम भुगत रही हूँ| काश! उनके कथनानुसार, मैं अमृत राय के बेटे, अजय से शादी की होती| वह खपरैल घर, इस भवन से कहीं सुन्दर था| आज अपनी धनलिप्सा का प्रायश्चित कर रही हूँ, यह सोचते उसकी आँखें सजल हो गईं|

रज्जो दरवाजे की ओर भयभीत नजरों से देखकर, मन ही मन कही, अभी नहीं, अभी तो रात के दश ही बजे हैं| इतनी जल्दी विवेक भला क्यों लौटे? उससे मेरा रिश्ता ही क्या है? मैंने तो विवाह उसके महल से किया है| बड़े घर की बहू हूँ, इससे बढ़कर जीवन सुख और क्या हो सकता है? एक सासू जी हैं, जो हमेशा क्रुद्ध रहती हैं| उनका अपने बेटे से कहना है, पत्नी के मुख पर कोई चाँद लगा तो है नहीं, फिर सारा दिन पत्नी के इर्द-गिर्द मडराना क्यों? तुम्हारी आखों का पानी मर गया है, जो इस कुलवंती पर रात-दिन, दोपहर जान छिड़कता रहते हो| इसलिये विवेक मुझसे दूर रहने में ही अपनी भलाई समझने लगा|


रात के नौ बज रहे थे, रज्जो अँधेरे कमरे में पलंग पर लेटी करवटें बदल रही थी, और सोच रही थी| आखिर विवेक की इच्छा क्या है? आज पूछ लूँगी और कह दूँगी| इस तपोवन में और भक्ति संभव नहीं है, इसलिये मैं अपने मायके लौट जा रही हूँ| यह सोचते हुए रज्जो की अवस्था क्या हो रही थी, वर्णन नहीं किया जा सकता, चेहरा पीला हो रहा था| डरी हुई निगाहों से इधर-उधर ताक रही थी| हवा में इधर-उधर पत्ते भी खड़कते, तो चौंक जाती| सूने कमरे में सन्नाटा और भी भयानक मालूम हो रहा था| स्वर्गवासी ससुर जी की तस्वीर जो दीवार से लटक रही थी, इस समय, उसे घूरते हुए मालूम हो रही थी| उसके सभी रोंगटे खड़े हो गए थे| वह घबडाई हुई, कमरे के बाहर निकल आई, और घड़ी को देखने लगी| घड़ी

में रात के दश बज रहे थे, यकायक उसे लगा, कि कोई उसकी ओर बढ़ता चला आ रहा है, वह चिल्ला पड़ी, 'कौन हो तुम, आगे मत बढना, मैं मार डालूँगी|' बोलकर धम्म से भूमि पर गिर पड़ी|


रज्जो की चिल्लाहट सुनकर उसकी सास दौड़कर आई| लालटेन की रोशनी तेज की, तो देखी, रज्जो भूमि पर बेहोश पड़ी है| उसने आवाज दी, हिलाई-डुलाई, मगर रज्जो इंच भर भी नहीं हिली| यह देखकर सास (सुषमा) डर गई, वह वहीँ बैठकर विवेक को कोसती हुई, रज्जो को सुनाने लगी, 'मैंने तुमसे यह बात न जाने कितनी बार बताई, कि बहू प्रेम का एक ही मूलमंत्र है, वह है सेवा| वह तुमसे प्यार करता है, मगर यह रूप-भक्ति ज्यादा दिनों तक नहीं चलेगी| अभी तुम दोनों का प्रेम यह अंकुर रूप है, इसे पल्लवित और पुष्पित करना, सेवा का काम है| मगर तुम्हारी सोच, रूप को ही आकर्षण का मूल समझ रखा है| मैं मानती हूँ, रूप में आकर्षण है, उस आकर्षण का नाम मोह है, जो कभी स्थाई नहीं होता, केवल धोखा है| तूने कभी उसके अच्छे-बुरे का ख्याल रखा? वह परेशान-थका रात दश बजे घर लौटता है, कभी एक ग्लास पानी भी पूछा, कहा, आपको पानी दूँ या शर्बत? इसमें जो आनंद है, तुमने कभी इसका अनुभव किया? तुम तो विवेक को अपने अधिकार में रखना चाहती हो, मगर उसकी साधना नहीं करती| जानती हो रज्जो, शरीर मिल जाने से ही दिल मिल जाएगा, ऐसा नहीं होता| रूप मोह से दृष्टि की प्यास बुझती है, हृदय की नहीं; कभी-कभी, पति-पत्नी पास रहकर भी कोसों दूर रहते हैं| पास आने के लिये, सेवा भाव होना बहुत जरूरी है|'

तभी विवेक ने आवाज दी, माँ दरवाजा खोलो| सुषमा काँपती हुई दरवाजा खोली, और हाँफती हुई बोली, 'बेटा! रज्जो भूमि पर गिरी पड़ी है; न बोलती है, न हिलती-डोलती है| पता नहीं उसे क्या हो गया है?' विवेक दौड़ता हुआ आया, रज्जो को गोद में उठाकर पलंग पर सुलाकर पंखा झेलते हुए कहा, 'माँ! इसके मुँह पर ठंढे पानी के छींटे मारो|' ठंढे पानी के छींटे पड़ते ही रज्जो, भक से आँख खोल दी और पूछी, 'तुम कब आये विवेक?'

विवेक गहरे विचार में डूबा हुआ था| एक मिनट बाद सर उठाया और बोला, 'आज मैंने माना, प्रेम के ऊँचे आदर्श का पालन रमणियाँ ही कर सकती हैं| पुरुष कभी प्रेम के लिए आत्मसमर्पण नहीं कर सकता| वह प्रेम को स्वार्थ और वासना से अलग कर नहीं सकता|'

रज्जो रोती हुई कही, 'आज तुम्हारी आँखों में क्रोध की झलक दिखाई देती तो मेरा अशांत हृदय संभल जाता, पर तुमने, मुझ पर अविचल विश्वास जताकर मुझे और ही अशांत कर दिया|'

विवेक ने रुंधे गले से कहा, 'रज्जो, तुम्हारी यह उदासीनता मेरे लिए असह्य है| तुम सोच रही हो, मैं तुम्हारी बिल्कुल ही परवाह नहीं करता| इसलिये तुम मुझे स्वाधीन छोड़ देना चाहती हो| सच तो यह

है रज्जो, स्वाधीनता का इस संसार में जो भी मूल्य रहा हो, पर घर में तो पराधीन अच्छा लगता है| तुम्हारे शासन में रहकर, मैं आगे की जिन्दगी बिताना चाहूँगा| तुम भूलकर भी मुझे कभी स्वाधीन मत करना| मैं रात गए कहाँ जाता हूँ, किससे मिलता हूँ, मेरी एक-एक बात पर ध्यान देना तुम्हारा हक़ है| जब मेरी परवाह तुम छोड़ देती हो, तभी हमदोनों इस खींचातानी में दूर होते चले जाते हैं, और दोनों का जीवन भी दुखी रहता है| जब भी मैं देरी से आऊँ, तुम्हारा अधिकार बनता है, कि तुम पूछो, अब तक आप कहाँ थे? किसी भी बात को जानना, तुम्हारा सामाजिक हक़ है| इसे धार्मिक रूप मत दो| कभी मत सोचो, पति के हर बात को जानने की इच्छा जासूसी है,पाप है| पतिव्रत या पत्नीव्रत का स्वांग हमारी आत्मा को संकुचित बना देता है| इतना ही नहीं, बुद्धि के विकास में चट्टान बनकर खड़ा हो जाता है|'


रज्जो, विवेक की बातों से हतप्रद थी| इसलिये कि पहले कभी इतनी स्पष्टता से पति-पत्नी के संबंधों पर बातचीत नहीं किया था|


रज्जो, अपनी आँखों के आँसू पोछती हुई बोली, 'विवेक, जब मेरी मनोव्यथा से तुम भलीभाँति परिचित हो, तो फिर बताते क्यों नहीं, कि नित रात ढले तुम घर क्यों लौटते हो? मैं अकेली रोती रहती हूँ, रात दश बजे के पहले कभी दर्शन नहीं देते हो चाहे, वह दिन रविवार, या छुट्टी का ही दिन क्यों न हो?'

विवेक, 'अब मैंने समझा, प्यार जितना सच्चा होता है, उतना कोमल भी होता है| प्यार विपत्ति के उन्मत्त सागर में थपेड़े खा सकता है, पर अवहेलना की एक चोट भी नहीं सह सकता| मगर क्या करूँ रज्जो, जब से पिताजी स्वर्गवासी हुए हैं, माँ का व्यवहार मेरे प्रति कुछ बदला-बदला सा रहने लगा है|' जब भी माँ से बातें करना चाहता हूँ, माँ कोई न कोई बहाना बनाकर वहाँ से चली जाती है| शायद उनको लगता है कि जब से तुम आईं, मैं पूरी तरह उनका ध्यान रखना छोड़ दिया| इन छ:-सात महीनों से मैं जितना मानसिक ताप सहन कर रहा हूँ, मेरा हृदय जानता है| माँ कभी तो विषाद की मूर्ति बनी करुणापूर्ण आँखों से दीवार से टंगी पिताजी की तस्वीर के आगे खड़ी होकर कहती है, 'कभी तुम थे, मैं थी, बच्चे थे| परिवार गुलाब की तरह फूला हुआ था, आज सारी पत्तियाँ गिर गईं और डंठल के रूप में, मैं अकेली रह गई| यहाँ मेरी जिन्दगी का बेड़ा पार लगाने वाला कोई नहीं है| कोई एक ग्लास पानी देने वाला नहीं दीखता|' उसका चेहरा पीला पड़ गया है, होठों पर पपड़ी छा गई है| बदन पर गहने के नाम पर गले में भगवान शिव की एक ताबीज है, वह चिंता, उदासी और शोक का प्रत्यक्ष स्वरूप मालूम होती है| इस वक्त ऐसा कोई नहीं है जो उसे तसल्ली दिलाये, कहे, तुम्हारी चिंता काल्पनिक है| यहाँ कुछ नहीं बदला है| सब कुछ पहले जैसा ही है, और रहेगा| इसलिये आप चिंतित रहना छोड़ दीजिये, बल्कि अपने दोनों पोते के साथ, आनंद से रहिये| मैं अगर ऐसा कहूँ, तब वो कहेगी, मैं तुम्हारे बच्चे की धाई नहीं हूँ, बच्चा खेलाने के लिये किसी और को रख लो| इस भय से मैं कभी उनसे इस प्रकार की बातें नहीं की, और वही हुआ भी, आज सोनू जब दादी-दादी कहता, माँ के पास गया, तो माँ ने कहा, 'तुम्हारी माँ दिन भर खटिया तोडती

रहती है, वहाँ क्यों नहीं जाता; आ गया, यहाँ मुझे तंग करने, और सोनू लौट आया|' रज्जो, विवेक की बातों से सहमती जताती हुई बोली, 'तभी मैं सोचती थी, माँ जी उखड़ी-उखड़ी सी बातें क्यों करती हैं? पहले प्रेम भाव दिखाने में कोई बात उठा नहीं रखती थी| जब भी नजर से नजर मिलता था, हँस देती थी| पूछती थी, रात नींद आई; विवेक तो बड़ी देर कर दिया था| मगर अब बिल्कुल बदल गई हैं, लेशमात्र भी प्यार नहीं करतीं|' एक दिन तो हद पार कर गई, मैं खटोले पर बैठकर अपना बाल संवार रही थी, तभी माँ जी गंगा-स्नान कर लौटी| मुझे खटोले पर बैठी देख, पूछीं, 'बहू, कितना बज रहा है? तुम अभी तक रात की नींद का खुमार उतार रही हो? माँ-बाप ने कुछ सिखाया नहीं| अरि! मैं तो विवाह को आत्मविकास का साधन समझती थी| तुम्हारी जो रंग-ढंग है, इससे तो अच्छा है,बिना विवाह किये जीना| विवाह का उद्देश्य यही और केवल यही है, स्त्री और पुरुष एक-दूसरे की आत्मोन्नति में सहायक हो| जहाँ अनुराग है, वहीँ विवाह हो, और अनुराग ही आत्मोन्नति का साधन है, पर इन सब बातों से तुमको क्या लेना-देना? तुममें सौन्दर्य है, शिक्षा है और क्या चाहिए?' उसके लिए तो जीविका एक बहुत ही गौण प्रश्न है! रज्जो व्यंग्य कर कही,


'विवेक तुमको तुम्हारी मातृभक्ति मुबारक हो, पर मैं नहीं सह सकती| तुमने तो अपनी माँ का मिजाज सातवें आसमान पर चढ़ा रखा है| जहन्नुम में जाय ऐसा घर, जहाँ अपनी इज्जत नहीं| मैं इन दामों में पतिप्रेम भी नहीं ले सकती, सास की तो बात ही छोड़ो|'

रात के दो बज रहे थे, विवेक को जब नींद नहीं आई, उसने आँखों में आँसू भरकर पूछा, 'रज्जो, माना कि माँ की बातें तुमको तकलीफ देती हैं, मगर वो मेरी माँ हैं। उन पर जब तुम आक्षेप करती हो, तब मुझे हार्दिक वेदना होती है। मैं मानता हूँ, माता-पिता की आज्ञा का पालन करना मेरा धर्म है। उन्होंने मुझे जन्म दिया है, पाला है। उसकी गोद में खेलकर मैं बड़ा हुआ हूँ, उसका स्तन पीया हूँ। मैं उनके इशारे पर विष का प्याला भी पी सकता हूँ। तलवार की धार पर चल सकता हूँ। आग में कूद सकता हूँ, किन्तु उनके दुराग्रह पर मैं उस रमणी को नहीं छोड़ सकता, जिसकी रक्षा करने का वचन, मैंने अग्नि को साक्षी रखकर लिया है, उसे अपनी आँखों के आगे मजधार में डूबने नहीं दूँग। संभव है, वे मुझे त्याग दें, पर कुछ दिनों के बाद, समय उनके घाव को भर देगा। तब वे मुझे क्षमा कर देंगी।'

रज्जो को विवेक की ये कठोर बातें अच्छी नहीं लगीं, कदाचित ऐसे हालात आने पर, उसके मन में भी ऐसे ही भाव आते। किन्तु इस समय उसे जान पड़ा कि केवल उसे जलाने के लिए, उसका अपमान करने के लिए, यह चोट की गई है। अगर इस बात को सच भी मान लिया जाय, तो भी ऐसी जली-कटी बातें करने का क्या प्रयोजन? क्या ये बातें दिल ही में न रखी जा सकती थीं?

उसने विरक्त होकर कहा, 'इसका यह आशय हुआ कि न तो तुम मुझे जीने दोगे, न ही तुम मरने दोगे। तुम्हारी क्या इच्छा है, कि तुम

दोनों माँ-बेटे के बीच मैं तड़पती रहूँ| यह दशा मुझसे न सही जायेगी|'

विवेक, रज्जो की बात सुनकर आवेश में आ गया, बोला, 'अब चुप भी करो रज्जो| क्या उलूल-फ़िज़ूल की बातें कर रही हो? तुम समझ रही हो, कि मैं अपनी नीच वासना की तृप्ति के लिए, तुम्हें अपने मायाजाल में फंसाकर रखना चाहता हूँ| यह तुम मेरे साथ घोर अन्याय कर रही हो| माँ और तुम्हारे प्रति मेरा शुद्ध आत्मसमर्पण है| मैं नहीं चाहता कि तुम दोनों में किसी एक को भी खोऊँ| मुझे तुम दोनों की जरूरत है| मैं, तुम दोनों के बगैर ज़िंदा नहीं रह सकता| माँ मेरा शरीर है, तो तुम उस शरीर का प्राण| मैं समझ सकता हूँ, तुम किस संकट में हो, लेकिन सोचो, एक जीवन का मूल्य पूर्वस्मृति के बराबर भी नहीं होता| मैं तुम्हारी पतिभक्ति के आदर्श को समझता हूँ| मुझसे तुमको कितना प्यार है, एक दो बार नहीं, कई बार देखने मिल चुका है|'

मेरे प्यार को तुमने कहाँ तक देखा, तुम बेहतर बता सकती हो | पर मैं यह बता सकता हूँ कि मेरे बगैर तुम जी नहीं सकोगी, क्योंकि प्रेम की प्रगति, जल के प्रवाह के समान है, रज्जो, जो थोड़ी देर के लिए रुक जाये, पर अपनी गति नहीं बदल सकती|

एक दिन, संध्या समय रज्जो घर के बाहर बरामदे में बैठी, सोनू को खेला रही थी| शीतल सुगन्धित चित्त को हर्ष कर देने वाली हवा चल रही थी| सूर्य की विदा होने वाली किरणें, खिड़की से बार-बार रज्जो के मुखड़े पर आकर ठहर जा रही थी| उसकी लाली से रज्जो का पूरा मुख सुनहरा हो रहा था, मानो किरणें, रज्जो के सुंदर मुख को दुलार रही हो| वह रह-रहकर ऐसी चितवनों से ताक रही थी, मानो किसी की राह देख रही हो| एकाएक सोनू खेलना छोड़, दौड़ता हुआ आकर रज्जो की गोद में मुँह छुपाकर बैठ गया| रज्जो ने देखा, 'सोनू कुछ डरा-डरा लग रहा है|' उसने पूछा, 'बेटा! क्या बात है, तुम खेलना छोड़कर भाग क्यों आये? किसी ने तुमको डराया?' सोनू चुप था, तभी रामलखन (रज्जो के मैके का नौकर) आकर, दोनों हाथ जोड़कर रुआंसा होकर कहा, 'प्रणाम दीदी!' रज्जो सर हिलाकर कही, 'खुश रहो, मगर तुम अचानक यहाँ, क्या सब कुछ ठीक तो है?'


रामलखन, जो अब तक चुपचाप वहीँ अशांत खड़ा रहा, यों कहो कि गड़े रहा, और बोला, 'दीदी! मालिक का देवत्व ही दुर्दशा का कारण बना| काश वे आदमी अधिक, देवता कम होते|' रज्जो, सोनू को गोद में लेकर खड़ी हो गई और बोली, 'तुम क्या बोल रहे हो, मैं समझ नहीं पा रही हूँ| एक काम करो, आओ भीतर आँगन में चलें|' आँगन में जाकर रज्जो, एक खटोले की ओर इशारा कर बोली, 'उस पर बैठ जाओ, और बताओ, क्या बताना चाह रहे थे?'

रामलखन आँख का आँसू पोंछते हुए दीन भाव से कहा, 'दीदी! कार्तिक महीने की पूर्णिमा थी| मैं, माँजी और मालिक, तीनों गंगास्नान के लिए गए थे| खूब ठंढक पड़ रही थी| आकाश कुहरे की धुंध से मटियाला हो रहा था, सूर्य जैसे टटोल-टटोलकर चल रहा था| हमलोग सभी राहगीर, एक दूसरे के पीछे, छाया देखते-देखते गंगाघाट पहुँचे| बारी-बारी से तीनों जने स्नान करने की बात तय हुई| पहले माँ जी गई, उसके बाद मैं, मेरे बाद मालिक गए|' चूँकि मालिक को ठंढ अधिक लग रही थी, इसलिये उन्होंने कहा, 'लखन, लोटा दे दो, ऊपर किनारे पर बैठकर ही, एक लोटा पानी बदन पर ढाल लूँगा और वे लोटा लेकर स्नान करने चले गए| काफी भीड़ थी, तिल रखने की जगह नहीं थी| सभी चाह रहे थे, सूर्य निकलने से पहले स्नान हो, हजारों की संख्या में लोग स्नान कर रहे थे| यूँ कहिये, पानी कम, लोग अधिक थे| मालिक उसी भीड़ में किनारे पर बैठकर, लोटा से पानी लेकर नहा रहे थे| तभी किसी से उन्हें धक्का लगा और वे पानी में उलट गए| भीड़ इतनी थी कि किसी ने उन्हें देखा तक नहीं; इधर मालकिन और मैं मालिक के आने के इंतजार में, ठंढ से जमे जा रहे थे| हाथ-पैर सब सूना पड़ गया था|' माँ जी बोली, 'लखन एक बार देख आओ, कि वे अब तक कहाँ हैं| कोई पहचान वाले मिल गए, उनसे बातें कर रहे हैं या फिर घाट पर बैठने की जगह नहीं मिली, इसलिये गंगा मैया का नाम लेकर पानी में उतर गए होंगे| मैं किसी तरह भीड़ से बचते-बचते गंगाघाट पहुँचा, चप्पे-चप्पे पर' ढूंढा, पर वे कहीं नहीं मिले| किसी ने कहा, 'हाँ, सत्तर साल का एक बुजुर्ग लोटे से स्नान कर तो रहे थे, बाद क्या हुआ, मुझे नहीं मालूम| किसी ने कहा, नहा-धोकर गंगाजल चढ़ाने मन्दिर गए होंगे, वहाँ जाकर देखो| वहाँ भी गंगाघाट

का ही दृश्य था| लोग एक दूसरे के ऊपर ही गंगाजल फेंककर, यह सोचकर कि वहाँ तक छींटे तो जरूर पहुँचे होंगे, चले आ रहे थे| क्योंकि भीतर जाना सबों के लिए संभव नहीं था, मैं किसी तरह मंदिर के गर्भगृह तक पहुँचने में सफल हुआ| हर एक भक्त के मुँह को गौर से घंटों देखता रहा, पर मालिक नहीं मिले|'


जब मन्दिर से बाहर निकला, देखा, पंक्ति में खड़े लोग बोल रहे थे, 'एक आदमी, जो स्नान करते वक्त डूबा था, उसका मृतदेह तैरता हुआ मिला| पता नहीं कौन अभागा है?' मैं दौड़ता हुआ, फिर गंगाघाट आया, मालकिन रो रही थी| मैंने मालकिन से कहा, 'मालकिन, आप मेरे साथ आइये|' वहाँ पहुँचकर देखा, मालिक दुनिया से जा चुके थे| लखन आगे कुछ कहता, रज्जो चीत्कार उठी| उसका चीत्कार सुनकर उसकी सास दौड़ी आई, बोली, 'रज्जो, सोनू को मेरे पास छोड़ दो| मैं उसे संभालूँगी| तुम तुरंत लखन के साथ घर जावो, और हाँ, मोनू को अगर नहीं संभाल सकी, तो उसे लखन के द्वारा भिजवा देना| यहाँ विवेक और मैं, दोनों को संभाल लूँगी| तुम समधिन को संभालो, बेचारी अकेली पड़ गई| किसी बात की अत्यधिक चिंता नहीं करना, आफिस से विवेक जैसे ही लौटता है, मैं भेज दूँगी|'


रज्जो घर पहुँचकर, माँ (मनोरमा) के गले से लिपटकर इतनी रोई, कि उसे मूच्छर्ा आ गई| वह बार-बार यही रट लिये थी, कि पिता के पैरों पर लोटने की अभिलाषा मन में ही रह गई| मैंने उनके लिए

कुछ न किया| मेरा पालन-पोषण करने में उन्होंने क्या कुछ कष्ट न उठाया| मैं जब रात को उठकर किसी चीज के लिए रोती थी, तो वे मुझे चुप कराने के लिए, रात भर खड़े रह जाते थे| उन्होंने कभी मुझे कड़ी निगाह से नहीं देखा| ज़रा सी सर दर्द क्या होती थी, पिता के हाथों के तोते उड़ जाते थे| सिराहने में बैठकर, मेरे सर के बाल को सहलाते थे, और वे अपने बचपन की कहानियाँ सुनाते थे| कहते थे, 'मेरे पिता, एक अजीब किस्म के आदमी थे| वे न तो मेरी किसी बात पर नाराज होते थे, न ही किसी बात पर खुश|' मेरी दशा, उस आदमी की थी, जो बिना रास्ता इधर-उधर भटकता-फिरता है| मुझे याद है, चतुर्थ श्रेणी की परीक्षा का रिजल्ट लेकर जब मैं दौड़ता हुआ पिताजी के पास, उनको दिखाने आया, कहा, 'पिताजी! मैं चौथी क्लास पास कर गया|' पिताजी अपने बनियान का बटन ठीक करते हुए बोले, 'अच्छी बात है| मैं खेत पर से आ रहा हूँ|' जानती हो रज्जो, 'तब मैं नौ साल का रहा होगा| लेकिन मेरे दिमाग पर इतनी जोर का धक्का लगा कि मैंने तभी खड़े-खड़े यह तय किया, कभी मैं किसी का पिता बना, तब उसे इतना प्यार दूँगा, कि अपने जीवन का घाटा उसे देकर पूरा करूँगा', बोलकर रज्जो, पिता बलवंत जी की तस्वीर की तरफ सजल नेत्रों से देखी, बोली, 'आज मैं प्रण करती हूँ, कि मैं अपने व्यवहार से यह सिद्ध कर दूँगी कि मैं आपका ही अंश हूँ|'


तेरहवीं चल रहा था, सामने हवन-कुंड था| दो विप्र बैठे मंत्र उच्चारण कर रहे थे| दीपक जल रहा था, बलवंत जी की एक बड़ी तस्वीर रखी हुई थी| एकाएक रज्जो को ऐसा लगा, इस तस्वीर में

कोई देवता विराजमान है| अग्नि, वायु, दीपक, नक्षत्र, सब के सब इन्हीं की ज्योति से प्रदीप्त जान पड़ा| जब उसने पिता बलवंत के चरणों पर सर झुकाया, तो उन्हें अपने सम्मुख मुर्त्तिवान स्वर्गीय आभा से तेजोमय पाई|

अब मेरे बलिदान की बारी है| मैं जानती हूँ, पंद्रह दिन बाद मेरे लिए यह घर विदेश हो जायगा, और मुझे वहाँ लौटकर चला जाना होगा| महीने-दो महीने में एक मेहमान की तरह आऊँगी, चली जाऊँगी| ऐसे में, मैं अपने पिता के अधूरे कामों को कैसे पूरा करुँगी| इसी उधेड़-बुन में उसे नींद आ गई| सबेरा हुआ, सभी नींद से जाग चुके थे| तभी विवेक के आदमी ने आकर लखन को आवाज देकर बुलाया, और उसे एक बंद लिफाफा देकर उसी राह लौट गया| रज्जो ने काँपती हाथों से खोला, लिखा था, 'प्राण प्यारी रज्जो!'

तुमसे अलग रहकर जीते हुए आज पन्द्रहवां दिन है, और अधिक देरी न कर, जल्द घर वापस लौट आओ| साथ में मोनू को भी लेते आना, पिताजी थे, तो और बात थी, अब माँ जी अकेली हैं| उनके लिए एक बच्चे की देखभाल करना मुश्किल होगा| रज्जो, सच मानो, आज तुमसे वियोग का दुर्भाग्य हो रहा है| फिर भी मैं अपने को धन्य मानता हूँ, क्योंकि मैं जानता हूँ, तुम वहाँ खुश होगी| जब तुम मेरे साथ ख़ुशी नहीं रह सकती, तो जबरदस्ती तुमको यहाँ बाँधकर रखूँ? मैं जैसा हूँ, वैसा ही रहूँगा, तुम जैसी हो वैसी ही रहोगी, फिर सुखी जीवन की संभावना कहाँ? मैं विवाह को आत्मविकास का

साधन समझता हूँ| स्त्री-पुरुष के सम्बन्ध का कोई अर्थ है तो यही है, वरना मैं विवाह की कोई जरूरत नहीं समझता|"

रज्जो को, विवेक की ये कठोर बातें, बहुत अप्रिय लगी| कदाचित यह बात सिद्ध होने पर उसके मन में ऐसे ही भाव आते, किन्तु इस समय उसे जान पड़ा कि केवल उसे जलाने के लिए, अपमान करने के लिए यह चोट की गई है, अन्यथा उसके इतनी जली-कटी बातें लिखने का क्या प्रयोजन, क्या ये बातें दिल में ही नहीं रखी जा सकती थी|

रज्जो ने जबावी ख़त लिखा, 'विवेक जब तुमने पहले पहल इस घर में कदम रखे थे, तभी मैं खटकी थी| मुझे उसी वक्त संशय हुआ था कि तुम्हारा सरस स्वभाव मेरे लिए घातक होगा| इसलिये मैंने तुम्हारे साथ जल्द शादी का इरादा बनाया| लेकिन होनी को कौन टाल सकता है? मैं जानती हूँ, तुम्हारा हृदय निष्कपट है| अगर तुमको कोई नहीं छेड़ता, तो तुम जीवन पर्यंत अपने व्रत पर स्थिर रहते, लेकिन पानी में रहकर हलकोरों से बचे रहना तुम्हारी शक्ति के बाहर था| बे-लंगर नाव लहरों में स्थिर नहीं रह सकता|'

तुम्हारी सोच कहती है, विवाह स्त्री को पुरुष से बाँधता है| मैं कहती हूँ, जब तक स्त्री-पुरुष का मन न मिले, तो क्या, दो-चार मंत्र उच्चारण कर विवाह कर लेने से मन मिल जाएगा| नहीं विवेक,

बिल्कुल नहीं, विवाह होने पर तो जब पुरुष की इच्छा होती है, छोड़ देता है, जैसा कि तुम अभी कर रहे हो| इससे तो अच्छा था कि हमदोनों बिना विवाह किये ही, आजीवन प्रेम से रहते|

मैं तो शादी से पहले जैसी थी, आज भी वैसी हूँ| फर्क तो तुममें आया है| पहले क्या थे, अब क्या हो गए, मगर मैं क्या करूँ? यदि क्रोध में कोई बात कठोर लिख गई तो मुझे क्षमा करना, जलते हुए हृदय से धूएँ के सिवा और क्या निकल सकता है?

आज विवाह कर सोचती हूँ, मेरे जीवन का मूल्य तुम्हारी नजरों में क्या है? एक पूर्व स्मृति के बराबर भी नहीं, जब तुम पार्क में हरी-भरी घास पर लेटे हुए घंटों मुझसे बातें करते नहीं अघाते थे, तब मैं अपने भाग्य को मन ही मन सराहती हुई कहती थी, 'एक बार तुमको पा तो जाऊँ, फिर तुम्हारी बाहों का तकिया बनाकर दिन-रात सोती रहूँगी|' यह लिखते, रज्जो को अपना उस रात का अपमान याद आ गया, और पत्र लिखना वहीँ पर बंद कर मन ही मन कही, 'कागज़ के चंद टुकड़ों को रंगकर, कभी तक़दीर नहीं रंगा जा सकता| तुम सचमुच मेरे जीवन में रंग भरना चाहते हो, तो तुम तुरंत आकर मिलो| मैं विवाह में आत्मा को सर्वोपरि मानती हूँ| मैं चाहती हूँ कि हम दोनों के बीच वही प्रेम रहे, जो दो स्वाधीन व्यक्तियों में रहता है| वैसा प्रेम नहीं जिसका आधार पराधीनता हो|'

रज्जो का पत्र पढ़कर, विवेक टेबुल पर रखी रज्जो की तस्वीर से जाकर लिपट गया, और रोते हुए कहा, 'रज्जो, तुमने तो सलाह देने का अधिकार भी मुझसे छीन लिया| फिर भी इतना कहे बगैर नहीं रह पा रहा हूँ कि तुम जहाँ भी रहो, सुखी रहो| तुम्हारे साथ जितने भी मेरे जीवन के दिन कटे हैं, वह मेरे लिए स्वर्ग-स्वप्न के दिन हैं| जब तक जीऊँगा, उन यादों को सीने से लगाए रखूँगा| तुमने अपने दिल से निकालकर मुझे बहुत दूर फेंक दिया, बावजूद इस पंद्रह मिनट में, मैं न जाने कितनी बार तुमसे मिला? मिलकर मिलने की उत्कंठा और बढ़ गई| पर कुल-मर्यादा का पालन करना मेरा कर्त्तव्य है| जब तक माँ का रुख न पाऊँ, तुमसे मिलने जा नहीं सकता, चाहे तुम्हारे वियोग में मेरे प्राण ही क्यों न निकल जाये; पर माँ की उपेक्षा नहीं कर सकता|'


इधर रज्जो की अवस्था बहुत ही शोचनीय थी| वह हँसती भी, तो लगता, उसकी हँसी में रोना मिला हुआ है| वह बातचीत करती, तो लगता, उसमें उसकी अंतर्वेदना का दर्द झाँक रहा है| बाल संवारना, सजना तो छोड़ ही चुकी थी| वह बहुदा अपने ही कमरे में बैठी रहती थी| बच्चे, किधर हैं, खाना खाया, नहाया, कोई परवाह नहीं करती| सब समय एक ही चिंता लिए रहती थी, आगे का भविष्य क्या होगा? एक महीना बीत गया| उनको मेरी याद नहीं आई, अन्यथा वो यहाँ अवश्य आते| इतना कठोर तो एक कसाई भी नहीं होता है| वह भी अपने बच्चे को सीने से लगाये रखता है, मगर विवेक तुमको तो अपने बच्चे की भी याद नहीं आती| ईश्वर जानता है, कि हम सब तुमसे कितना प्यार करते हैं? जानते हो

विवेक, मोहब्बत सब कुछ सह सकती है, पर रुखाई नहीं, और वह भी कैसी रुखाई,जो अपने ही पति के वियोग में उत्पन्न हुआ हो| दुनिया में शायद ही मुझ जैसी कोई अभागिन होगी, जो पति के होते, पति को तरसे| अच्छा होता कि मैं बिन ब्याही, तुम्हारी होकर जीती| कम से कम, शाम को तुम मिलने तो आते|

पिता के श्राद्ध में सभी रिश्तेदार, तुम्हारी राह जोहते रहे, और तुम नहीं आये| एक बार भी तुमने सोचा, मेरे माता-पिता को कोई बेटा नहीं है| मेरे ही सहारे, उन दोनों ने सुखद भविष्य के सपने बुने होंगे| सोचे होंगे, बेटा नहीं है तो क्या, बेटी तो है, कल दामाद होगा| वही हम दोनों के अच्छे और बुरे दिन को संभालेगा| एक तो पिताजी का असमय चला जाना, माँ को मार डाला, दूसरा तुम्हारा इस दुःख की घड़ी में नहीं आना, उसे ज़िंदा ही दफ़न कर दिया| वह जिंदी तो है, पर चलती-फिरती एक लाश है| मगर तुमको इन बातों से क्या लेना-देना? मेरी माँ तुमको जनम तो दी नहीं, न ही पाला, पढ़ाया-लिखाया, जो तुम्हारी आँखों में करुणा का पानी आये|

माँ जवानी में इसलिये भाग्य पर रोती थी, कि पुत्र के अभाव में, बुढापे का क्या होगा? अब इसलिये रोती है, कि मेरा सुख-दुःख का साथी चला गया, आगे दिन कैसे कटेगा? मगर शायद अभी भी माँ के कष्ट का प्याला नहीं भरा है| नित एक रट लिए रहती है, विवेक अपने श्वसुर के श्राद्ध में तो नहीं आया, बाद भी यह जानने की

कोशिश नहीं किया कि वे लोग किस हाल में हैं? भूल तो ऐसे गया, मानो कोई रिश्ता ही न हो|

एक दिन रज्जो का छोटा बेटा, मोनू खटोले पर सो रहा था, वह कहीं गई हुई थी| तभी मनोरमा ने देखा, 'वह नींद से जाग चुका है, और उसे देख-देखकर खुश हो रहा है| जीवन के उस आनन्द के साथ जो अभी उसमें ताजा है, मनोरमा यह देखकर प्रेम-विह्वल हो गई| उसने बालक को उठाकर छाती से लगा लिया| उसकी पूरी देह और हृदय रोमांचित हो उठे| जैसे पानी की लहरों में प्रकाश की रेखायें काँप रही हों| बच्चे की गहरी निर्मल, अथाह, मोदभरी आँखों में उसके जीवन का सत्य मिल गया|'

उसने अपनी आँखों में उमड़ते हुए आँसुओं को रोककर मन ही मन बोली, 'मुझे पहचानते हो? मैं तुम्हारी नानी हूँ बेटा! नाना रहे नहीं, सो तुम जल्दी से बड़े हो जावो, मुझे संभालने, तुम्हारे सिवा अब कोई नहीं है| तुम्हारे पिता, विवेक ने तो मुझे भुला ही दिया|' तभी मोनू यकायक नानी के गले से लिपट कर अपनी तुतली आवाज में बोला, 'नानी!'

सोनू के मुँह से पहली बार 'नानी' सुनकर मनोरमा का पीला, मुरझाया हुआ चेहरा खिल उठा, जैसे बुझते हुए दीपक में तेल पड़ गए हों| उसके मुख से बार-बार मोनू के लिए आशीर्वाद निकल रहा

था, कि तभी एकाएक पड़ोस से रोने की आवाज सुनाई दी| सुनकर उसकी आँखों के आगे अन्धेरा छा गया, उसे सामने की वस्तुएँ तैरती हुई मालूम होने लगीं| उसका मन भावी आशंका से दहल उठा| हृदय से निकल पड़ा, 'हे ईश्वर! मैं तुम्हारे दिए दुःख बहुत झेल चुकी हूँ, आगे झेलने की कूबत मुझमें नहीं है| मेरे विवेक को स्वस्थ, और कुशल रखना|'

थोड़ी देर बाद ही रज्जो ने आकर बताया, 'माँ, मेरी सहेली सल्लो को तुम जानती हो|' मनोरमा बोली, 'कौन, वही किशनबाबू की बेटी, जो बचपन में तुम्हारे साथ खेलती थी|' रज्जो बोली, 'हाँ वही, जब कभी खेलते-खेलते उसे प्यास लगती थी, तब वह पानी पीने यहाँ आ जाती थी| गोरी, दुबली-पतली, पर नाक-नक्श किसी राजकुमारी से कम नहीं है|'

मनोरमा मोनू को रज्जो की गोद में देती हुई बोली, 'पर उसे हुआ क्या है, इतना रो क्यों रही है?' रज्जो गंभीर होकर बोली, 'विदा होकर ससुराल जा रही है|' सुनकर मनोरमा की आँखों से सुख के आँसू निकल पड़े| उदासीन भाव से रज्जो की तरफ देखकर पूछी, 'क्या विदागरी कराके ले जाने उसके पति आये हैं, या कोई और?'

रज्जो आहत कंठ से कही, 'उसके पति आये हैं|' जानकर मनोरमा, कुछ पल चुपचाप रही, फिर बोली, 'एक दम्पति चाहे तो, नौका को

आँधी और तूफ़ान में भी पार लगा सकता है, और थोड़ी असावधानी की, तो नौका डूब भी सकती है, पर उसके साथ जो उस पर सवार है, वो भी डूब जाते हैं| इसलिये परस्पर जीवन-पर्यन्त दम्पति को चाहिये, प्रेम और साहचर्य में जोड़े रखना|'


तीन महीने के जाते-जाते मोनू, नानी को इस कदर चाहने लगा, जैसे नानी के रट के सिवा कोई काम न हो| रज्जो किसी तरह फुसलाकर, मनाकर मोनू को सुला लेती थी, पर जागते ही नानी को फिर से खोजने लगता था| बच्चे की यह हालत देखकर मनोरमा चिंतित रहने लगी| सोचा करती, कल जब अपनी दादी के घर जाएगा, और वहाँ मैं इसे नहीं मिलूँगी, तब क्या होगा, इसका भरा जिस्म घुल जायेगा| गुलाब जैसा चेहरा सूख जायेगा, माँ-बाप दोनों ही इसकी एक हँसी को तरस जायेंगे| इस दो साल के लहलहाते पौधे पर मैं इतना कठोर अत्याचार नहीं सह सकती, मेरे होते रज्जो को भी नहीं पूछता है| उसे देखकर अपनी सूरत मेरे आँचल में छुपा लेता है|


मनोरमा मन ही मन विचार कर इस निश्चय पर पहुँची, कुछ भी हो, मोनू यहाँ से कहीं नहीं जाएगा| दो दिन पहले की बात है,मैं घंटे-दो घंटे के लिए,पड़ोस में गई हुई थी| तब रज्जो के साथ वह सो रहा था| नींद खुलते ही चीखना शुरू कर दिया| नानी, नानी, वो तो मैं तुरंत दौड़कर पहुँच गई, आकर देखा, रज्जो नाना तरह का प्रलोभन दे रही है| कह रही है, मेरा मोनू मिठाई खायेगा, बंदरिया का नाच

देखेगा, पर मोनू पर इसका कोई असर नहीं हो रहा है| वह नानी, नानी का रट लगाए रोते जा रहा है| ज्यों मुरझाया हुआ पौधा किसी भी प्रकार नहीं पनपता, त्यों मोनू नानी के प्यार की स्वाभाविक गर्मी तथा प्रकाश न पाकर कैसे पनपता, कैसे अपने हृदय की ख़ुशी रूपी हरियाली को दिखाता| शायद मोनू मन ही मन सोच रहा था, नानी अब कभी नहीं मिलेगी| रज्जो की गोद में भी वही प्यार था, वही लोडियाँ थीं, पर सब बेकार था|


इधर सोनू (रज्जो का बड़ा बेटा) यह देखकर कि हर कोई मोनू को ही सिर्फ प्यार करता है, मुझे नहीं; यहाँ तक कि मिठाइयाँ भी मोनू को दो मिलता है, और मुझे एक| उसके हर जिद् को पूरी की जाती है| मेरी जिद् पर ये लोग बौखला उठते हैं| मम्मी तो थप्पड़ भी मार देती है| इन सब बातों से चिंतित, उदास सोनू की आदतों में धीरे-धीरे बालकों की चपलता और सजीवता की जगह एक निराशाजनक धैर्य, एक आनंद विहीन शिथिलता दिखाई देने लगी| वह इस तरह के वातावरण को बर्दास्त नहीं कर सका| एक दिन मोनू को रज्जो गोद में लिए,बरामदे में खड़ी होकर पेड़ पर बैठी लाल चिड़िये को दिखाकर कह रही थी, देखो, मोनू कितनी सुंदर यह चिड़िया है, इसका शरीर लाल है, पंख नीला और चोंच काला| पास खड़ा सोनू, अपने नन्हें एंड़ी पर खड़ा होकर भी नहीं देख पा रहा था| उसने रोते हुए कहा, 'मम्मी मुझे भी गोद में उठाकर, उस चिड़िये को दिखा दो न, मुझे तो दिखता ही नहीं|' बोलने भर की देर थी, कि पीछे से आ रही नानी ने डांट दिया, कहा, 'इतना ही जरूरी

है देखना, तो अपने पिता को बुला लो न, मम्मी अकेली, किस-किस को दिखायेगी?'

माँ (मनोरमा) का इस तरह सोनू को डांटना देख, रज्जो मन ही मन बहुत दुखी हुई, उसने उसी वक्त तय किया, कि अब मुझे अपने घर, विवेक के पास लौट जाना चाहिए| उसने विवेक को ख़त लिखा, 'विवेक, यह मत पूछना कि इतने दिनों में भी अलग रहने के बावजूद तुमको मुझ पर क्रोध क्यों नहीं आया| सच मानो, कई बार क्रोध आया, और दया भी| कभी दुःख हुआ, कभी आश्चर्य भी, कभी-कभी अपने ऊपर भी क्रोध आया पर उतना नहीं, जितना तुम पर आया| मनुष्य का हृदय कितना जटिल है, सबक मिल गया| तुमसे अलग रहकर मैं कितना खुश हूँ, पूछो अपने दिल से? मेरे बताने, पर तुम विश्वास नहीं करोगे| शेष पत्र पाते ही मिलने चले आना| मैं इंतजार करुँगी|'

पत्र को लिफ़ाफ़े में बंद कर, रज्जो ने अपने नौकर को देते हुए कहा, 'इसे विवेक को दे आओ|'

विवेक सहमी हुई, आँखों से ख़त पढ़ा, पहली पंक्ति को पढने के बाद ही त्योरियाँ चढ़ गईं| अंत तक जाते-जाते कठोर मुख सरल हो गया| सारी ज्ञानेन्द्रियों में स्फूर्ति भर गई| उसे लगा, कि संसार में माँ के अलावे भी कोई अपना है, तो वह रज्जो है, जिसके साथ मैंने

बहुत अन्याय किया| मैंने उसके वादे के भवन को अपने स्वार्थ की आग में जलाकर भस्मीभूत कर दिया| उसने मन ही मन कहा, 'रज्जो, तुम्हारे साथ बुरा सलूक कर मैं पछताना छोड़ दिया, अब तो बस बैठकर सिर्फ रोता हूँ| सदा के लिए सबक मिल गया| अबकी मिले, तो अब हमलोग कभी नहीं बिछड़ेंगे| मैं शीघ्र, दो-चार दिनों में तुम्हारे पास आ रहा हूँ, तुमको तुम्हारे घर ले जाने| मेरा इंतजार करना|'

मगर जब जवाब देने की बारी आई, तब रामू से कहा, 'यह मेरा घर है, कोई सरायखाना नहीं, जो जब चाहे आये, जाय और जब तक ज़ी चाहे ठहरे, नहीं चाहे, चल दे| मैं आदमी हूँ, कोई पशु तो हूँ नहीं, जो उसके पीछे-पीछे दुम हिलाता फिरूँ| मैं एक पुरुष हूँ और पुरुष ही रहना चाहता हूँ| उसे जाकर बोल देना, "यह घर सिर्फ मेरा नहीं, उसका भी है| इसलिये जब चाहे, चली आये|"

विवेक का यह वाक्य कुटिल, रज्जो के हृदय में चुभ गया| वह पाषाण प्रतिमा की भाँति निःस्पन्द खड़ी रही, मन ही मन कही, 'तुमने मेरे जीवन का मूल्य एक पुर्व स्मृति के बराबर भी नहीं समझा| जो जी में आया, बक गए| एक बार भी नहीं सोचा,कि तुम्हारे इस कठोर जबाव को सुनकर मुझपर क्या बीतेगा? तुम्हारी कही गई बातों का एक-एक शब्द मेरे हृदय पर शर के समान चोट कर रहा है| विवेक, मैं अपने पिता को खो चुकी हूँ, यहाँ अब मेरा कोई रक्षक नहीं है| फिर भी तुम चिंता मत करना, जिंदगी के आधे दिन

बीत गए, आगे भी बीत जायेंगे, अगर नहीं बीते, तो हमारे गाँव के छोड़ पर गंगा बहती है न, वो तो कहीं नहीं जायगी| मगर तुम्हारे घर अब लौटकर नहीं जाऊँगी|'

माँ के बहुत कहने पर भी आज रज्जो खाना नहीं खाई, और अपने कमरे में चारपाई पर लेटकर रोती रही| मन ही मन ऊपरवाले को कोसती हुई कही, 'विधि यह तुम्हारी कैसी लीला है? सुरभि उपवन में जब घूमने की बारी आई, तब तुमने मेरी आँखें फोड़ दी| तुम्हारे सिवा कौन जान सकता है, कि आँखों के आगे छाये, इस गहरे अँधेरे में भी, मुझे वहाँ का सुंदर दृश्य दिखाई दे रहा है? रसोई घर के ठीक बगल, मेरा अपना कमरा, जहाँ मैं और विवेक, दोनों ने मिलकर अपने भविष्य, सुख के सपने बुनते थे| विवेक का देरी से दफ्तर से लौटना, मेरा रूठ जाना, उसका मनाना, स्वर्ग-सुख से क्या कम था, जो मैं उसे छोड़कर यहाँ हूँ?'

अंत में उसने बहुत सोचने-विचारने के बाद यह तय किया, कि एक बार विवेक का हृदय फिर से टटोलना होगा| इस बार भी उसका मत,पहले जैसा ही रहा| तब मुझे भी विवेक के लिए दिल पर संतोष का पत्थर रख लेना होगा| रज्जो को अपनी बात विवेक तक पहुँचाने में सप्ताह बीत गया| भाँति-भाँति की शंकाएँ उसे परेशान कर रही थीं| वह सोचती थी, क्या विवेक के हृदय पर अधिकार पा सकूँगी| ऐसा न हो कि इसके बाद मेरा जीवन और भार स्वरूप हो जाये| फिर दिल को सांत्वना देकर कहती, 'प्रेम में अगर प्रेम को खींचने

की शक्ति होगी, तो अवश्य सफल होऊँगी। अपने प्राणों से भी प्रिय मित्र के त्याग से लाभ उठाने का विचार उसे कातर कर देता था। ऐसा मालूम प्रतीत होता था कि उसका घर जल रहा है, और वह ताप रही है।'

उसे विश्वास था कि जितना प्यार विवेक से मैं करती हूँ, वह भी उतना ही प्यार मुझसे करता होगा।

पर रज्जो का अनुमान गलत निकला। उसे विवेक का पत्र तो मिला, पत्र में कहीं भी, नम्रता, विनय और प्रण नहीं था। अपनी आशा की धज्जी उड़ता देख रज्जो क्रोध से काँप उठी, और ख़त पर सर झुकाई हुई, मन ही मन कही, 'चलो, अच्छा हुआ विवेक, बचे-खुचे भरोसे को भी आज तुमने तोड़ दिया।' कहकर लम्बी साँस खींचकर खटोले पर लेट गई। मानो यमराज को निमंत्रण दे कह रही हो, 'विधाता! याद रखना, रमणी का हृदय, मरने से पहले, कभी पराजय स्वीकार नहीं किया है।'

अपनी दलील को कई कदम ढकेलती हुई, बोली, 'विवेक, जब पहली बार तुम्हारे प्यार का दर्शन हुआ था, उस वक्त मैंने अपने को धन्य माना था। आज तुमसे वियोग का दुर्भाग्य हो रहा है, फिर भी मैं अपने को धन्य मान रही हूँ। मुझे तुमसे बिछड़ने का जितना गम है, उससे अधिक मैं इस बात से खुश हूँ, कि तुम मुझसे अलग

होकर खुश हो| तुम्हारे साथ मेरे जीवन के जितने भी दिन कटे हैं, वे मेरे लिए स्वर्ग-स्वप्न के दिन हैं| अब जब तक जीऊँगी, उन दिनों की याद को अपने कलेजे से लगाए रखूँगी, जिससे कि वो यादें, मेरे कलेजे को छलनी करते रहे, और मैं हर पल तुम्हारी याद में तड़पती रहूँ| मैं तो यही जानती हूँ, जब पति के प्रेम की स्वामिनी रही, तब उस घर की भी भू-स्वामिनी रही, अब पति नहीं, तो घर कैसा?’ उसने रोते हुए मोनू को गोद में उठा लिया और खड़ी-खड़ी मन ही मन बोली, ‘सात साल कितने आनन्द से बीते, मैं समझी थी, आगे भी इसी तरह कट जाएगा, लेकिन मेरे तक़दीर में अधिक सुख भोगना लिखा ही नहीं था|’ फिर अचानक करुण वेदना में उसके मुँह से ये शब्द निकल आये, ‘हे परमेश्वर! दुःख ही देना था, तो शादी की दूसरी सुबह से ही क्यों नहीं दिया, जिससे कि मैं शाम तक घर लौट आती| तब मेरे पिता थे, मैं कॉलेज में पढ़ती थी| हर तरह से उस दुःख को झेलने का उपाय था| मगर आज, आज न पिता रहे, न कॉलेज के दिन, बल्कि इन दोनों की जगह दो बच्चे आ गये| तुमने मुझे सौभाग्य के सुरभ उद्यान में सौरभ वायु और माधुरी का आनंद उठाने के सात साल बाद उसे उजाड़ क्यों दिया? आज मैं तुम्हारे दिये भाग्य के पाँव तले किस तरह कुचली जा रही हूँ? तुमको कुछ पता नहीं, तुमने आदमी जनम देकर, बाकी अपने बंधनों से हाथ खड़े कर लिए| कैसे कहूँ कि तुम विधाता हो? क्या विधाता भी जालिमों की तरह क्रूर होते हैं?’


एक दिन, रात के दो बजे रज्जो की माँ मनोरमा ने, अपने कमरे से ऊँची आवाज में पुकारा, कहा, ‘रज्जो, जल्दी आ जाना, आवाज

सुनकर रज्जो को समझ में आ गया, माँ किसी खतरे में है।' वहाँ जाकर देखी,मोनू को गोद में लिए माँ, जार-बेजार रो रही है, और सोनू से कह रही है, बेटा आँखें खोलो! देखो, मम्मी आई है। मगर सोनू के शरीर में कोई हलचल न होता देख,रज्जो का शरीर थर-थर काँपने लगा, मानो पृथ्वी नीचे धँसी जा रही हो। उसका मन कभी इतना दुर्बल नहीं था, उसने सोनू को गोद में उठाकर माँ से कहा, 'माँ, चलो अभी तुरंत इसे हास्पीटल ले जाना होगा।' दोनों माँ-बेटी मोनू को लिए हास्पीटल पहुँची। डॉ० दिखाई, डॉ० ने बताया, इसे मैलेरिया हो गया है, बुखार 104 डिग्री है। इसे यहाँ भर्त्ती रखना होगा, और मोनू को वहाँ भर्त्ती कर दी। दो दिन बीत जाने के बाद भी जब सोनू के स्वास्थ्य में कोई परिवर्त्तन नहीं आया, रज्जो फूट-फूट कर रोने लगी, और बोली, 'माँ! रामू के द्वारा विवेक को यह खबर भिजवा दो कि सोनू हास्पीटल में भर्त्ती है, हालत बिलकुल ख़राब है, आप जल्दी चलिए।'

मनोरमा, अपने आँचल से आँख का आँसू पोछती हुई बोली, 'ठीक है बेटा, मैं अभी भेजती हूँ।'

दूसरे दिन रामू, विवेक के घर पहुँचा, देखा, 'विवेक एक डॉ० के साथ निकल रहे हैं।'

रामू, प्रणाम कर बोला, 'मालिक! सोनू बहुत बीमार है, वह हास्पिटल में भर्ती है| दीदी ने आपको अभी का अभी बुलाया है|'

विवेक, रामू को कुर्सी पर बैठने का इशारा कर कहा, 'बैठो, मैं अभी आता हूँ, और डॉ० के साथ निकल गए|'

इधर सोनू की हालत से चिंतित, परेशान, रज्जो की आँखों के आगे अँधेरा छा रहा था| सामने की वस्तुएँ तैरती हुई मालूम होने लगीं| उसका मन भावी अशुभ आशंका से दहल रहा था| उसने हाथ जोड़कर कहा, 'हे ईश्वर! अब बस करो, तुम्हारे दिए दुखों को मैं अब आगे और नहीं झेल पाऊँगी| मेरा बच्चा, किसी खिलौने के समान बिना हिले-डुले विस्तर पर पड़ा हुआ है| उसने तुम्हारा क्या बिगाड़ा, माँ का बदला, बच्चे से क्यों? मैं उसे कब से पुकारकर जगा रही हूँ, वह जागता नहीं है, न ही हाथों से इशारा ही करता है|' रामू, विवेक को लौटकर आते देख खड़ा हो गया, और रोते हुए कहा, 'मालिक, जा रहे हैं न? दीदी बहुत रो रही है| उसने आपको बुला लाने के लिए मुझे यहाँ भेजा है|'

विवेक कुछ देर तक, कठोर मुद्रा में खड़े रहे, फिर रामू की ओर देखकर कहा, 'रामू! मैं अपने बेटे पर, सर्वस्व लुटाने के लिए तैयार हूँ| उसे कुछ हो गया, तो मैं भी दुनिया छोड़ दूँगा| उसके बाद मेरे ज़िंदा रहने का कोई मकसद नहीं है| सच मानो रामू, अब मुझे

अपने भविष्य पर विश्वास नहीं रहा, सभी इरादे झूठे साबित हुए| कल्पनाएँ मिथ्या निकलीं, मैं अपने जीवन से हार चुका हूँ|'

रामू फिर से रटे वाक्य को दुहराया, 'मालिक! दीदी बहुत रो रही है| सोनू की तबीयत बहुत खराब है, मालिक आप अभी चलिए|'

विवेक अपनी लम्बी शंकाशील गर्दन हिलाकर कहा, 'रामू मेरी माँ का उम्र सत्तर-पिच्छत्तर के आस-पास होगी, अर्थात् काफी बूढी हो चुकी है| आज, पंद्रह दिनों से बुखार में जल रही है, उसे तो मेरे सिवा एक रोटी क्या, एक ग्लास पानी भी देने वाला कोई नहीं है| ऐसे में उसे अकेला छोड़ किसके भरोसे जाऊँ?'

रामू विवेक की बात सुनकर. मन ही मन कहा, 'मालिक, मुझे समझ में नहीं आ रहा, कि आपकी प्रशंसा करूँ, या रोऊँ|' उसकी आँखें सोनू को यादकर द्रवित हो उठीं|

मालिक ने यह बात किस इरादे से कही; उनका क्या आशय था, वह कुछ समझ नहीं पा रहा था| रामू मानो विष की घूँट पीकर कहा, 'मालिक जाने की इजाजत दीजिये, दीदी राह देख रही होगी|'

विवेक को अपनी लाचारी की कठोरता पर लज्जा कम और क्रोध अधिक आ रहा था| प्रेम की प्रगति जल के प्रवाह की भाँति है| जो थोड़ी देर के लिए रुक जाये, पर अपनी गति नहीं बदल सकती| उसने मधुर कंठ से पूछा, 'रामू सोनू किस हास्पीटल में है? अभी दिन के दश बज रहे हैं, सोनू के पास वहाँ अभी कौन लोग होंगे?'

रामू अपनी आँखों के आँसू पोछते हुए कहा, 'दीदी|'

विवेक, 'क्या, सब समय वही रहती हैं?'

रामू, 'नहीं मालिक! रात को माँ जी रहती हैं|'

रामू को विवेक के मुखमंडल पर स्नेह जैसा गहरा रंग दिखाई दिया, जो कि अभी तक चार घंटे के दौरान कभी नहीं देखा था|

विवेक, मन ही मन कहा, 'बेटा, मुझे माफ़ कर देना| मैंने तुम पर न जाने कितने ही अत्याचार किये हैं, पिता के प्यार से तुझे वंचित रखा है| कभी तुझसे मिलने तक नहीं गया, मगर आज जाऊँगा, जरूर जाऊँगा| माँ का ऋण अगर है, तो तुम्हारा भी ऋण कम नहीं है, मैं तुम दोनों का ऋणी हूँ|'

विवेक आँगन में ट्यूबवेल के तरफ इशारा कर कहा, 'रामू हाथ-पाँव धो लो, और घर में जाकर देखो, अगर कुछ खाने के लिये बन सके, तो बना लो। हमलोग तीनों आदमी सुबह से भूखे हैं।'

रामू किचन में गया, देखा कुछ चावल-दाल और आलू रखे हुए हैं। वह झटपट खाना तैयार कर नहाया, धोया। माँ जी को खाने दिया, मालिक को खिलाया, बाद खुद खाया और कहा, 'मालिक, मैं जाता हूँ, दीदी पूछेगी, तो क्या बताऊँगा?'

विवेक, आँखें बचाकर कहा, 'मैं जल्द ही आऊँगा।'

इधर रज्जो की दशा अत्यंत कारुणिक हो रही थी। छाती धड़क रही थी। प्राण, आँखों में उतर आया था। कोई भी उधर से गुजरता, कदम चाप की आवाज से चौंक पड़ती। सड़क पर चलने वालों की परिछाहीं नालों में पड़ते देखकर, उसकी आँखों में अन्धेरा सा छा जाता। जिसकी आलोचना में दिन काट लेती थी, आज उसको एक नजर देखने के लिये, कितना व्यथित थी। विवेक के इन्तजार में सारा दिन गुजर गया, सूर्य थककर छिप गया। पर रज्जो के नेत्र नहीं थके, वह अपनी आँखों का आँसू पोछकर हँसती, कभी कहती, ईश्वर ने मुझे रोने के लिए ही बनाया है, रोते-रोते आधी उम्र बीत गई। क्या शेष भी इसी प्रकार बीतेगा? क्या मेरे जीवन में एक दिन भी ऐसा

नहीं आयेगा, जिसे स्मरण कर मैं संतोष कर कह सकूँ, मैंने भी कभी सुदिन देखा है| वह अपने कल्पित प्रेम में निमग्न थी, तभी एक आवाज आई| नजर उठाकर देखी, तो माँ (मनोरमा) खड़ी थी| उसने रज्जो को गले लगाकर कहा, 'आज रास्ते में बड़ी भीड़ थी ,इसलिये यहाँ आने में देर हो गई| तुम जल्दी से घर चली जाओ, मोनू को रामू के पास अकेला छोड़ आई हूँ|' रज्जो, रामू के आने की बात सुनकर सन्न रह गई, बोली, 'उसने क्या बताया? क्या विवेक घर पर नहीं मिले?'

मनोरमा व्यथित होकर बोली, 'विवेक घर पर ही थे|'

रज्जो, ‘यहाँ आने के बारे में क्या कहा?’


मनोरमा, दयार्द्र दृष्टि से देखकर बोली, ‘विवेक ने बताया, उसकी माँ बहुत बीमार है, उसके देखभाल के लिए उसके सिवा और कोई नहीं है, फिर भी मैं जल्द सोनू को देखने जाऊँगा| मगर कब तक, यह नहीं बताया|’


रज्जो, आवेश में आकर बोली, ‘ठीक है माँ’, और घर चली गई|


रज्जो घर पहुँचकर देखी, मोनू रामू के साथ खेल रहा है| उसने झटपट बालक को गले से लगा लिया, और विवेक को यादकर रो पड़ी| मन ही मन कही, ‘विवेक तुमने खुद को कितने अतुल आनंद से वंचित कर रखा है| तुम लाख अपने विचारों से इन कामनाओं को दमन करने की कोशिश करो, मैं जानती हूँ,असंभव होगा|’


रज्जो रात भर करवटें बदलती रही, उसकी नजरें द्वार पर टिकी रही| आखिर अपने कलेजे के टुकड़े को हॉस्पिटल में रखकर, वह कैसे सो सकती थी?


एकाएक उसने अपना कलेजा मजबूत किया, और कमरे से निकलकर चिंता और शोक की मूर्ति बनी दरवाजे पर मुर्त्तिमान

खड़ी हो गई| तभी उसने देखा, अमरूद के पेड़ पर, चिड़ियों का झुंड कुछ इस कदर चिल्ला रही है, मानो उस पर कोई विपत्ति आ गई हो| उसने नजरें उठाकर गौर से देखा, तो उसके होश उड़ गए| उसने देखा, 'एक कौवा अपने चोंच में चिड़िये की नन्हें बच्चों को लेकर अपना नेवाला बनाने के लिए,चोंच में भरकर उड़ गया|' वह काँप उठी, बोली, 'ईश्वर! तुमने इतनी निष्ठुरता कौवे के दिल में क्यों भरा, ऐसा करते तुम्हें ज़रा भी दया नहीं आई, जब कि इस संसार को रचकर तुमने कहा, "यहाँ छोटे-बड़े सबों को जीने का हक़ है| इस तरह किसी प्रजाति को मिटाना, तुमने अच्छा नहीं किया| देखो, उस चूजे की माँ को, कैसे उसे पाने के लिए तड़प रही है| कह रही है, मेरे बच्चे! तुमको लौटाकर तो ला नहीं सकूँगी, पर मैं तुम्हारे पास आ रही हूँ| इस वक़्त ऐसा कोई नहीं है, जो उसे तसल्ली दिला सके, बाकी चिड़िया, डाली को छोड़कर जाने कहाँ चली गईं, मेरी तरह वह अकेली रह गई|" यह कहते-कहते रज्जो की आँखें डबडबा आईं| उसने निराश आँखों से आकाश की ओर देखा, सोचने लगी, जब ऊपर वाले से यह संसार नहीं संभल रहा, तब एक झटके में इसे मिटा क्यों नहीं देता? रज्जो इसी चिंता में डूब गई| यद्यपि उसकी शंकाओं का प्रतिकार हो चुका था, पर अब भी उसके मन में ऐसी अनेक बातें, जिन्हें वह बोलकर प्रकट नहीं कर पा रही थी| उसका रूप अलक्षित, अव्यक्त था| शंका तर्क से कट जाने से निर्मूल नहीं होती| विवेक की वेवफाई का ख्याल दिल में कुछ इस प्रकार छिपकर कलेजे पर छुरे चला रही थी, कि उससे बड़ा वार कोई हो ही नहीं सकता था|

सहसा रामू ने आवाज दिया, 'दीदी, खाना खा लीजिये, सुबह हास्पिटल जाना है|'

रज्जो, पेड़ को देखती हुई बोली, 'चलो, आती हूँ|'

दूसरे सुबह जब रज्जो हास्पिटल पहुँची, देखी, 'सोनू आँखें खोले, मगर अचंभित हो, अपने चारो तरफ की चीजों को पहचानने की कोशिश कर रहा है, पर चुप है|'

रज्जो, उसके पास जाकर, सिराहने में बैठकर उसके सर का बाल सहलाती हुई, द्रवित कंठ से पूछी, 'बेटा! तुम किसे खोज रहे हो?'

सोनू धीरे से बोला, 'पापा|'

रज्जो, उसके ललाट को चूमकर बोली, 'बेटा, पापा एक जरूरी काम से बाहर गए हुए हैं, एक-दो रोज बाद आयेंगे, तब आपसे मिलेंगे|'

सोनू रोते हुए कहा, 'लेकिन मम्मी, रात पापा बोलकर गए, कि कल फिर तुमसे मिलने आउँगा, और तकिये के नीचे से एक बड़ा सा

हवाई जहाज निकालकर कहा, "ये देखो, पापा, लाये हैं मम्मी, है न सुंदर, इसे मैं अपने पास रखूँगा, वरना मोनू ले लेगा|" वो अच्छा नहीं है, मेरे सारे खिलौने लेकर, पटक देता है|'

रज्जो विस्मित होकर सोचने लगी, 'तो क्या, वे रात यहाँ आये थे, तब माँ कहाँ थी?' उन्होंने तो विवेक के बारे में कुछ नहीं बताया? माँ में तो इतना धैर्य, इतनी शान्ति अब बची नहीं, कि किसी बात को 5 मिनट से ज्यादा देर अपने दिल में रख सके| जरुर कोई बात है, हो न हो; सोनू को धोखा हुआ है| तब फिर हवाई-जहाज खरीदकर सोनू को किसने दिया? मैं कैसे मानूँ कि विवेक यहाँ आये थे| कोई सबूत नहीं, प्रमाणहीन तर्क का मूल्य ही क्या? रज्जो कुछ निश्चय नहीं कर पा रही थी कि इस खबर पर प्रसन्न होऊँ या खिन्न|

तभी एक नर्स आई, सोनू के टेबुल पर कुछ खिलौने, फल, दवाईयाँ, आदि रखते हुए बोली, 'सोनू के पापा दे गए हैं', और जाने लगी| कुछ ही कदम गई, कि फिर लौट आई, बोली, 'अरे! असल में जो देना था, वह तो मैं देना ही भूल गई'| उसने अपने बैग से सौ, पाँच सौ के कई नोट, निकालकर रज्जो से बोली, 'इसे रख लीजिये| सोनू के पापा दिए हैं, बहुत ही नर्म दिल के इन्सान हैं| वे मुझे जानते तक नहीं, बावजूद इतना बड़ा विश्वास, कोई खुदा या फरिस्ता ही कर सकता है|'

रज्जो, बातों ही बातों में नर्स से पूछ ली, 'अब फिर कब आयेंगे?'

नर्स, 'मैडम! यह तो उन्होंने नहीं बताया| पर सोनू के लिए वे बहुत चिंतित रहते हैं| जब बातें करते हैं, तब उनकी आँखें नम हो जाती हैं|'

रज्जो, मन ही मन, गंभीर भाव से बोली, 'प्रेम जितना ही सच्चा हो, उतना ही हार्दिक होता है, उतना ही कोमल होता है| वह विपत्ति के उन्मत्त सागर में थपेड़े खा सकता है, पर अवहेलना की एक चोट भी नहीं सह सकता| मैं बदकिस्मत हूँ, जो हीरा पाकर, कांच का टुकडा समझ उसे ठुकरा दी| उनके हृदय में, कितना त्याग, कितना प्रेम है, उस अनुपात में, मेरे हृदय में तो रत्ती भर भी नहीं है प्रमाण सामने है|' रज्जो कुछ देर इसी विचार में मग्न खड़ी रही| सहसा उसके नेत्र सजल हो गए, पुलकित कंठ से बोली, 'विवेक, आज सोनू को मैं फिर से पहले की तरह खुश देख रही हूँ| जब से तुम उससे मिले हो, उसकी मुखाकृति एक अवर्णनीय आभा से प्रदीप्त हो रही है| वह बार-बार पूछता है, पापा कहाँ हैं? मैं उसे क्या जवाब दूँ, कुछ समझ नहीं आता| इतने दिनों बाद तुम्हारे दिल का परिचय मुझे यहीं मिला| यद्यपि तुमको यह सुनना अच्छा नहीं लगेगा, मगर हारकर यह कहना पड़ रहा है, कि तुमको मुझसे लेश-मात्र भी प्रेम नहीं है| मैंने इस मामले में अब तक जवान खोलने का साहस नहीं किया था, पर ईश्वर जानता है कि मैं तुमसे किस कदर प्यार करती

हूँ| मगर विवेक मोहब्बत सब कुछ सह सकती है, रुखाई नहीं सह सकती|'

रज्जो हास्पिटल में सोनू के बेड पर बैठी, अपने लम्बे-लम्बे बालों पर ऐसी दृष्टि से देखा, मानो यह व्यर्थ सर पर सवार एक बोझ है| उसने बालों को समेटकर बाँधते हुए कहा, 'आज कुछ न कुछ तेरी व्यवस्था अवश्य करूँगी|' पास खड़ी मनोरमा आँखों में आँसू भरकर बोली, 'यह क्या, अनाप-सनाप बोल रही हो| अरि, लम्बे बाल नारी की सुन्दरता है ,अब फिर कभी ऐसी बात मत कहना और, जावो जल्दी से घर लौट जाओ, वरना देरी हो जायगी|'

माँ को सामने खड़ा पाकर रज्जो चौंक गई, बोली, 'माँ! तुम कब आई?'

मनोरमा मुस्कुराती हुई बोली, 'बस तुम जब अपने लम्बे-घने काले बालों को घर जाकर दंड देने की बात कर रही थी|'

रज्जो, माँ की बात सुनकर सर झुका ली, और नोटों से भरा बैग, माँ को देती हुई बोली, 'रात विवेक आये थे, उन्होंने ही दिया है| कुछ फल, और डॉ० की फ़ीस वगैरह सभी देकर गए हैं| नर्स से कहकर गये हैं, मैं फिर आऊँगा|'

मनोरमा, खुश होकर पूछी, 'कब आयेंगे?'

रज्जो, आर्द्र कंठ से सहमती हुई बोली, 'वो तो वही जानें, समय बताकर नहीं गए हैं| ऐसे भी अगर रात में आये तो, तुम रहोगी ही| हो सके तो, उसे मेरा हाल बता देना, और कहना, रज्जो मिलना चाहती है|'

मनोरमा सिर हिलाकर कही, 'ठीक है', और अपने हाथ से लटकती हुई पैसे से भरे बैग को दिखाकर पूछी, 'इसे कहाँ रखूँ?'

रज्जो ने शीघ्रता से कहा, 'सोनू के तकिये के नीचे, ताकि जब वे पैसों के बारे में जानना चाहें, तो सोनू बता सके', और अपने आँसुओं को सारी ताकत से दबाती हुई, बोली, 'अच्छा तो माँ, मैं जाती हूँ|'

रज्जो रास्ते भर सोचती रही, 'आखिर क्यों, हम दोनों भिन्न धाराओं की भाँति संगम पर मिलकर, फिर से अलग हो गए| मिलने से पहले ऐसी जिंदगी की कल्पना, दोनों में से किसी ने नहीं किया होगा|काश, कि एक बार विवेक मुझे अकेले में मिल जाते| परामर्श कर, सब कुछ ठीक कर लेते, तब सारी परस्पर की शंकाएँ सदा के लिए दूर हो जातीं| मगर विवेक मुझे इस योग्य नहीं समझते,

शायद वे सोचते हैं, मैं एक रेशमी गुड़िया हूँ| भाँति-भाँति के आभूषणों को पाकर खुश रहूँगी, इसके अलावा और कुछ नहीं चाहिए|'

पर उन्हें शायद यह नहीं मालूम, अधिकार योग्यता का मुँह ताकता है, अर्थात् योग्यता के फूल में ही अधिकार का फल लगता है| मैं विपत्ति की कठोरतम आघात और बाधाओं की दुस्सह यातनायें सहन करने के लिए तैयार हूँ| पर, अपने प्यार की अवहेलना की ठेस को नहीं सह सकती|

दूसरे दिन सुबह रज्जो जब हास्पिटल पहुँची, माँ मनोरमा से सकुचाई हुई पूछी, 'माँ, विवेक आये थे?'

मनोरमा, 'नहीं बेटा! रात तो नहीं आये, हो सकता है दिन में किसी वक्त आयें|'

माँ की बात सुनकर रज्जो की दशा उस जुआरी की तरह हो गई, जो सब कुछ हारने के बाद, यह सोच रहा हो कि और हारने के लिए बाकी क्या है? जिसे दांव पर लगाऊँ कि मेरी जीत हो जाये| उसका चित्त उद्विग्न हो रहा था| अब रज्जो को विवेक की कितनी बातें याद आने लगी, जिसने रज्जो के हृदय पर चोट किया है| रज्जो

निराश होकर चुपचाप माँ के बगल में बैठ गई, यह निश्चय करके, कि आगे ईश्वर की जो मर्जी होगी, वही होगा| व्यर्थ में सर को पत्थर से टकड़ाकर क्या फायदा, चोट तो सर को ही लगेगी, पत्थर को नहीं| इसी खिन्नावस्था में बैठी हुई थी,कि नर्स ने आकर बताया, 'विवेक बाबू अर्थात सोनू के पिता खबर भिजवाये हैं कि उनकी माँ, रात में स्वर्ग सिधार गई| इसलिये, वे नहीं आ सकेंगे|'

रज्जो, नर्स से पूछी, 'क्या मैं उस आदमी से मिल सकती हूँ|'

नर्स, 'वे तो चले गए|'

रज्जो विस्मित होकर, सोचने लगी, पता नहीं विवेक किस हाल में होंगे| उनको ढाढस दिलाने के लिए कोई है भी या नहीं, अभी मुझे उनके पास होना चाहिए| सोनू ठीक हो गया है, उसे घर पहुँचाकर मुझे विवेक के पास जाना अति अनिवार्य है| उसने माँ से कहा, 'माँ! विवेक, माँ के गम को अकेले झेल नहीं सकेंगे| इसलिये एक बार मैं उनसे मिलना चाहती हूँ|' मैं जानना चाहती हूँ कि इस दुःख की घड़ी में उनके साथ कोई है भी या नहीं| वह अतुल प्रेम, विवेक ने जो रज्जो के हृदय में संचित रखा था, एक दीर्घ शीतल विश्वास के रूप में निकलने लगा था| उसे ऐसा जान पडा, मानो उसके अंग शिथिल हो गए हैं| मानो हृदय भी निस्पंद हो गया हो| मानो उसे

अपने घर पर लेश-मात्र भी अधिकार नहीं| उसके मुँह से निकल पड़ा, मुझे विवेक के पास जाना होगा|


संध्या हो गई थी, आकाश में तारे निकल चुके थे| मगर रज्जो का हृदयाकाश स्मृतियों से आच्छन्न होता चला जा रहा था| आकाश के असंख्य तारों से आकाश का अंधकार भले ही मिट रहा था, पर रज्जो, के हृदय में अंधकार फैलता जा रहा था| वह ऐसे काँप रही थी, मानो आगे विवेक से नहीं, बल्कि कोई भयंकर जंतु से सामना होने वाला है| आगे वह कुछ नहीं सोच सकी, थकी-हारी जब ससुराल पहुँची, देखी वहाँ उसी की चर्चा हो रही है, जितने लोग उतनी बातें बोल रहे हैं| कोई कह रहा है, विवेक की पत्नी को कोई खबर क्यों नहीं दिया| अभी उसको यहाँ होना चाहिए था, सुनकर रज्जो का हृदय बैठ गया| मन ही मन कही, 'भगवन! तुम्हीं अब मेरे अवलंब हो, मेरी लाज तुम्हारे हाथ है| वह बहुत देर तक दरवाजे पर चुपचाप खड़ी रही, और सोचती रही, इस भांति खड़ा होकर तमाशा देखना ही मेरा कर्त्तव्य था, तब फिर मैं यहाँ आई ही क्यों? सहसा उसे किसी के आने की आहट सुनाई पड़ी, और वह दरवाजे को पार कर आँगन जा पहुँची,पर उसका हृदय मान का खिलौना बना हुआ था| सात साल तक विवेक के साथ वैवाहिक जीवन का अनुभव होने के बावजूद, अनभिग्य बनी रही| विवेक को देखकर, रज्जो के हृदय में असीम शक्ति का अनुभव हो रहा था| मानो वह अकेले ही संसार के सारे दुखों से लड़ सकती है|'

रज्जो, विवेक से बिना वार्ता किये, अपनी सास की अंत्येष्टि क्रिया से संबंधित जितने भी कार्य थे, सबों को बड़ी तत्परता से किया| शमशान घाट से विवेक के लौटने के इंतज़ार में दरवाजे पर खड़ी, सारी रात राह ताकती रही, यह देखकर विवेक मन ही मन कहा, 'यह ईश्वर की प्रेरणा है, अगर वह नहीं चाहता, तब तुम आती ही क्यों?'

रज्जो ने भी मन ही मन सहमति दिखाते हुए कहा, 'तुम ठीक कहते हो विवेक, यह ईश्वरीय प्रेरणा है, इसमें लेशमात्र भी संदेह नहीं है| एक से एक पुरुषों को देखा, पर तुममें जो बात है, वह किसी में नहीं|' यह कहते, रज्जो की उँगलियाँ विवेक के हाथों से छू गईं| छुआ लगते ही रज्जो का मुख आरक्त हो गया| जैसे कुछ हुआ ही

नहीं, वह वहाँ से आँगन में भागकर चली आई| भागना तो नहीं चाहती थी, पर अपने अंत:स्थल की गुदगुदी को संभाल नहीं पा रही थी| उसे याद आया, इसके पहले भी एक बार विवाह मंडप में मेरे साथ ऐसा हुआ था| जब मंडप में बैठते वक्त मेरा हाथ विवेक के हाथ से छुआ गया था, तभी एक क्षण के लिए उसके मन में ग्लानि का भाव जागृत हो उठा| उसके मर्मस्थल में कहीं से आवाज आई, रज्जो पूर्ण होश में आओ, विवेक को अकेला छोड़ कहाँ भागी जा रही हो| वह लौट आई, और मन ही मन कही, यह सच है कि सच्चा प्रेम, संयोग में भी वियोग की मधुर वेदना का अनुभव करता है|

रज्जो का यों चले आना, विवेक के हृदय में हजारों शंका पैदा किये हुए रहता है| एक दिन वह रज्जो के मनोभावों की थाह लेना चाहता था, लेकिन यह भी चाहता था कि वह यह न समझे, कि उसकी परीक्षा हो रही है| कहीं उसने भांप ली, तो अनर्थ हो जायगा| उसका कोमल हृदय, उस परीक्षा का भार नहीं उठा पायेगा| यह सोचकर अचानक उसके विचार ने पलटा खाया, कहा, 'इतने दिनों तक वह मेरी छलमयी आशा और कठोर दुराशा का खिलौना बनी रही| न जाने कितनी बार, निराश होकर, उसके मन में यह तरंग उठी होगी, कि इस जीवन का क्यों न अंत कर दूँ| कहीं ऐसा की होती तो आज मुझे उसके दर्शन कैसे होते| इस कल्पना ने उसके ऊपर कुछ ऐसा आतंक जमाया, उसके औसान जाते रहे|' जब रज्जो कुछ सामान लेने कमरे में पहुँची, तो उसे देखकर उसका चेहरा भय और लज्जा से विकृत हो गया| उसकी आँखें कुछ ऐसी सशंक हो गईं, और अपने को उसकी आँखों से बचाने के लिए वह आलमारियों में रखी,

किताबों की आड़ खोजने लगा, ऐसे में किसी को भी उस पर संदेह होना स्वाभाविक था| फिर पत्नी की मंजी हुई आँखें क्यों चूकतीं? रज्जो स्वयं से यह कहती हुई वहाँ से निकल गई, ‘मुझे क्या पता, यहाँ कोई चोर है, जो अपने घर में बाहरी वालों से छुपकर चोरी करता है|’ विवेक ने आधारहीन साहस के भाव से, रज्जो के जाते वक्त एक अपराधी नेत्रों से देखकर मन ही मन, कहा, ‘अभी तो तुम्हारे हाथ में हूँ, रियायत करो, या सख्ती करो| जो मर्जी करो, पर यूँ मुँह फेर कर मत जाओ| अगर तुम्हारी नजर में एक गुनाहगार हूँ, तो मेरी गुनहगारी की सजा सुनाती जाओ|’


विवेक, माँ के गुजर जाने के बाद उस मानसिक दुर्बलता की दशा में था, जब मनुष्य को छोटे-छोटे काम भी असूझ मालूम पड़ते हैं| इसलिये जो उसके साथ थोड़ी सी सहानुभूति दिखा देता, उसी को अपना शुभचिंतक समझने लगता| शोक और मनसंताप उसके मन को इतना कोमल और नरम बना दिया था कि उस पर किसी की भी छाप पड़ जाती थी| उसकी चिंता का भार कम होती दीखती थी|


विवेक ने सोचा, ‘रज्जो कोई सामान यहाँ से लेना भूल गई होगी, तब उसे लेने वह फिर आएगी, इसी आस में वहाँ कई घंटे बैठे रहे|’ पर वह लौटकर जब नहीं आई, विवेक का मन इस भाँति शोक में डूब गया, मानो उसके साथ, सारा नगर शोक मना रहा हो| उसने मन को इस उच्छृंखलता के लिए धिक्कारते हुए कहा, ‘प्यार की जिस भीत को हमदोनों ने मिलकर खड़ा किया था, आज अगर उसमें

दरारें आ गई हैं, तो उसे ठीक करने की जिम्मेदारी दोनों की बनती है|' विवेक इन्हीं विचारों में डूबे हुए थे, कि तभी देखा, 'रामू दो-तीन सूटकेश लिए आँगन में खड़ा है, और कह रहा है, दीदी, कहाँ हो, माँ ने तुम्हारे कपड़े भेजे हैं|' रज्जो दौड़ती हुई आँगन में आई, और सर पर हाथ रखकर बोली, 'अरे, तुम मेरे सारे कपड़े यहाँ क्यों ले आये, मैं तो एक दो दिन बाद लौटने की सोच रही हूँ|'

तभी विवेक, कमरे से बाहर निकल आये, और रामू से दीनता के साथ पूछे, 'रामू सोनू और मोनू कैसा है, उन्हें साथ क्यों नहीं लाया?'

रामू पहले विवेक के पैर छुआ, फिर बोला, 'दीदी ने कहा, कहाँ था? ऐसे सोनू आपसे मिलने के लिए रोता रहता है| कहता है, मुझे पापा के पास जाना है|'

विवेक प्रसन्नचित्त बनने की कोशिश करते हुए बोले, 'इस बार जब भी आओ,सोनू को अवश्य लेकर आना, अब उसे स्कूल में दाखिला देना होगा, तीन साल का हो चुका है|'

रामू सहमता हुआ बोला, 'ठीक है मालिक!, मगर मोनू नानी के के बगैर दो पल भी नहीं रह सकता, उसे लाना मुश्किल होगा|'

कहते हैं न सच्चे प्रेम का कमल, बहुधा कृपा के प्रभाव से खिल जाया करता है| जहाँ रूप, यौवन, संपत्ति और प्रभुता तथा स्वाभाविक सौजन्य प्रेम का बीज बोने में अकृतकार्य रहते हैं, वहाँ प्राय: उपकार का जादू चल जाता है| किसी का दिल ऐसा बज्र और कठोर नहीं होता, जो सत्य सेवा से भी द्रवित न हो|


रज्जो और विवेक में निरंतर प्रीत बढ़ती जा रही थी| एक प्रेम का दास था,तो दूसरी कर्त्तव्य की दासी| रज्जो को क्या चाहिए, नहीं चाहिए, उसकी हर सुविधा का ख्याल विवेक रखते थे| चुपचाप अपने-अपने कमरे में लेटे रहना, एक दूसरे को धोखा देना था| दोनों ही एक दूसरे का रुख देखा करते थे| इस आशा पर, कि कौन सा काम, उसके प्रशंसा के लायक होगी| दोनों अलग-अलग मगर वैसा ही करते थे| विवेक की माँ को स्वर्गवासी हुए, लगभग दो महीने बीत चुके थे| जिस तुलसी के पौधे को बिना पानी दिये और दिया जलाए, विवेक की माँ खाना नहीं खाती थी, वह पौधा लगभग सूख चुका था| पर जब से रज्जो की गमले पर नजर पड़ी, वह नित स्नान कर उसमें पानी डालने लगी,धीरे-धीरे पौधे की दशा में सुधार हुआ और वह फिर से पहले की तरह लहलहाने लगा| विवेक के लिये यह इशारा काफी था, कि रज्जो, पेड़-पौधे से बहुत प्यार करती है, इसलिये सोचा, क्यों नहीं बाकी सूखे पड़े गमले में कुछ नए पौधे लाकर लगा दिया जाय| उसने विविध प्रकार के फूलों के पौधे लगाये और छुपकर देखने लगे| देखूँ, मेरे लाये पौधे से भी रज्जो को उतना ही प्यार है, जितना कि सूख चुके तुलसी के पौधे से|

एक दिन विवेक ने देखा, उसके लाये पौधों में पानी डालकर, रज्जो उससे कह रही है, 'तुम्हारा मालिक, तुमको पाने घर ले तो आया, मगर मेरी तरह तुझे भी छोड़ दिया| कभी तुम्हारा खोज-खबर लिया? तुम पानी बगैर जिंदे हो कि मर गए, कभी आकर देखा|' तुम्हारी और मेरी, दोनों की एक ही कहानी है, कि अचानक उसका विचार बदल गया, और गौरवान्वित होकर कही, 'तुम, तुम्हारा समझो, मैं इतनी निर्लज्ज नहीं हूँ कि अपने घर के फूट का ढिंढोरा तुम्हारे आगे पीटूँ| विवेक मुझसे चाहे, जो भाव रखे| किन्तु मैं उन्हें अपना समझती हूँ, हम दोनों एक दूसरे पर अपना प्राण छिड़कते हैं| मैं इतनी बेशर्म नहीं हूँ कि तुमसे अपना पंचायत कराऊँ| यदि उनके सुख और संतोष के लिये मुझे यहाँ रहना पड़े, तो मैं रहूँगी|'

विवेक दूर खड़ा मन ही मन कहा, 'रज्जो, तुम्हारे बिना, एक-एक क्षण, एक-एक साल मालूम होता था| तुम मेरे जीवन-पथ का दीपक हो| तुम्हीं मेरे प्रेम और भक्ति के केन्द्रस्थल हो| तुम्हारे बिना मुझे चारो ओर अंधेरा दिखाई देगा| संभव है, उस अँधेरे में, मैं भटक-भटककर सदा के लिए गुम हो जाऊँ|' यह कहकर मर्माहत भाव से, अपने कमरे में जाकर लेट गये, और आँखें बंदकर सोचने लगे, 'रज्जो में कितना त्याग, विनय, दया और सतीत्व है| साथ रहते उसमें आत्मीयता का विकास हुआ, और अपने दिल की बात जुवां पर लाने लगी|'

अमावस की रात थी| आँखों का होना, न होना बराबर था| अंधकार ने जमीं,आसमान सब को निगल गया था| केवल वायु संग आ रही फूलों की सुगंध, रसोई घर का पता बता रही थी| ऐसा सन्नाटा छाया हुआ था, मानो दुनिया, जहाँ सभी सन्नाटे के गर्भ में चली गई हो| अनंत जीवन के दोनों आराधक, पग-पग पर ठोकरें खाते, चौंकते रसोई घर में जा पहुँचे| दोनों ने एक साथ लालटेन जलाने के लिए हाथ बढाया, दोनों के हाथ टकड़ा गये, टकराते ही दोनों के सारे अंग शिथिल हो गए|

रज्जो शर्माती हुई उस अँधेरे में गुम हो गई| विवेक अकेले रह गये, सोचने लगे, 'अवश्य ही उसे मेरा पतंग उड़ाना, नापसंद है, वरना इतना बड़ा अत्याचार कदापि नहीं करती| ऐसे तो जहाँ तक मैं उसे जानता हूँ, रज्जो की प्रेमाकांक्षा बड़ी प्रबल है, पर उसके साथ ही उसे दमन की शक्ति भी प्राप्त है| और नित प्रेमाग्नि को दमन की शक्ति से दबाते-दबाते उसकी अवस्था ऐसी हो गई है, मानो रोगी हो| एक साथ रहने से, भले ही प्रेमी जोड़े को अपनी अभिलाषा पूरी होने की आशा हो या न हो, परन्तु वे मन ही मन, अपनी आपस में मिलने का आनन्द तो उठाते हैं न| वे भाव सागर में वार्तालाप करते हैं| एक दूजे से रूठते, मनाते हैं, और इन भावों में तृप्ति मिलती है|'

एक तरफ तो रज्जो, मुझे पाने के लिए अपना स्तित्व धूल में मिला देने के लिए तत्पर है, दूसरी तरफ नजरों को नजर के संयोग से जो प्रसन्नता मिलती है, उससे बचने के लिए नजर मिलने से पहले ही

झुका लेती है| स्वयं तो कष्ट में जीती रही है, मेरी भी व्याकुलता और कष्टों को महसूस नहीं करती|

रज्जो का प्रेम, कर्त्तव्य की नींव पर स्थिर था, लेकिन यह हालत बहुत दिनों तक स्थिर रखना, मुश्किल हो रहा था| एक दिन उसे महसूस हुआ कि मैं निरर्थक ही यहाँ पड़ी हुई हूँ| मैं जितना ही विवेक पर जान छिड़कूँ, उसका प्रेम, वाणी से बाहर शायद कभी निकलेगा| ऐसी मूर्ति के आगे जो पसीजना जानता ही नहीं, सर पटकने से क्या लाभ? उसकी इन विचारों ने इतनी जोड़ पकड़ी, कि उसने तय कर लिया, अब मुझे यहाँ से चला जाना चाहिए| रज्जो का शोक अभी शांत भी नहीं हुआ था कि उसने देखा, 'एक टैक्सी आकर रुकी, और विवेक एक सूटकेश लिए उसमें चढ़कर बैठ गए|' वे कहाँ गए, क्यों गए, कुछ पता नहीं| वह दौड़ती हुई विवेक के कमरे में पहुँची, देखी, 'वहाँ एक ख़त रखा हुआ है, जिसमें लिखा था, "रज्जो! मेरा इन्तजार करना, मैं कल सुबह तक लौट आऊँगा| जब तक मैं आ नहीं जाता, तुमको मेरी कसम, यहाँ से कहीं नहीं जावोगी|

तुम्हारा और सिर्फ तुम्हारा, विवेक|"

रज्जो कुकल्पनाओं से भरी हुई, दौड़ती हुई बाहर आई, देखी विवेक जा चुके हैं| वह चिंतित नेत्रों से, भूमि की ओर देखने लगी| उसे पति

की संकीर्णता पर खेद कम, गुस्सा अधिक आ रहा था| गुस्से की आँधी जब कमजोर पड़ी, वह वापस अपने कमरे में लौट आई| आधी रात बीत गई, पर उसके आँसू नहीं थमे| उसका आत्मगौरव आज नष्ट हो गया| विवेक के जाने के बाद, उसकी सुदृढ़ स्मृति ही, आज जीवन-सुख की नींव थी, वही साधु कल्पना उसकी उपास्य थी| वह हृदय कोष को, जहाँ यह अमूल्य रत्न संचित था, अपनी कुटिल आकांक्षाओं की दृष्टि से बचाती रही, तभी रज्जो की नजर टेबुल पर रखी विवेक की तस्वीर पर जा टिकी| उसने उठकर, तस्वीर को अपने सीने से लगाकर, चूमने लगी| उसका हृदय उस समय, पति प्रेम से आलोकित हो रहा था| तत्क्षण उसे ऐसा प्रतीत हुआ, कि यद्यपि विवेक घर में नहीं है, लेकिन उसकी आत्मा तो मेरे साथ इसी घर में है, और वह भूल गई कि विवेक बाहर गए हैं|


वह अकुला उठी, उसे लगा कि यह विवेक नहीं, उसकी तस्वीर है, जिसे सीने से लगाकर मैं, रो-रो कर कह रही हूँ, 'विवेक यह तुमने अच्छा नहीं किया, अपने कल्पित सुख में मग्न, कब उसकी आँखें बंद हो गईं|' कुछ पता नहीं चला, सुबह जब आँखें खुलीं, तब वह खुद को थका-थका सा महसूस कर रही थी| हृदय पर पहाड़ का बोझ रखा हुआ हो, ऐसा महसूस हो रहा था| वह आँखों में आँसू भरे, दुबके -सिमटे, चुपचाप खाट पर एक कोने में दुबकी हुई थी, तभी किसी ने पुकारा, 'मम्मी, कहाँ हो, देखो मैं आ गया|'


रज्जो बाहर निकलकर देखी, तो हैरत में रह गई|

सोनू, वह भी सुबह-सुबह, उसने अगल-बगल झाँककर देखी, उसके साथ कोई नहीं दिखा| उसने सोनू को गोद में लेकर पूछी, 'मेरा राजा बेटा, यहाँ कैसे, वो भी अकेले?'


सोनू ऊँगली से विवेक के कमरे की ओर दिखाकर बोला, 'पापा मुझे लाने गए थे|'


रज्जो, 'पर आपके पापा तो कहीं दीख नहीं रहे हैं?'


सोनू 'अपने कमरे में हैं| चलो मिलना है तुमको|'


रज्जो, बात को दूसरी तरफ मोड़ देती हुई, कही, 'बेटा, आपको भूख लगी होगी, मैं आपके लिए कुछ खाने का लेकर आती हूँ, तब तक आप पापा के साथ खेलिये|'


सदा शांत रहने वाला सोनू पिता का प्यार पाकर, तोते की भाँति चहकने लगा| वह नित पिता की गोद में बैठकर स्कूल की बातें करता, कहता, 'पापा मेरा स्कूल बहुत बड़ा है| अपने घर से भी बड़ा|' इस भाँति कितनी ही बातें, सोनू अपनी भोली-भाली मीठी

बोली में बताता, और विवेक चित्र की भाँति चुपचाप बैठे सुनते रहते| रज्जो अपने कमरे में अकेली बैठी-बैठी जब उकता जाती, तब छत पर चली जाती और घंटों वहाँ बैठकर सोचती, मेरे सारे मनोरथ मिट्टी में मिल गए| सारी आशाओं पर ओस पड़ गई| क्या सोचती थी, क्या हो गया? अपने मन को बार-बार समझाती, कि अभी क्या है, अब भी सब कुछ ठीक हो सकता है| पर एक घाव भरने भी नहीं पाता है कि विवेक, दूसरा जख्म दे देता है| कल का ही लो, मैं घर पर थी , फिर भी बिना बताये, सोनू को लाने चले गए| एक बार बताया तक नहीं, कि वे कहाँ जा रहे हैं? रोज एक नई आघात, पता नहीं मेरे भाग्य में आगे क्या है?


तभी रज्जो को ढूढ़ता हुआ, सोनू ऊपर आया, कहा, 'मम्मी, नीचे चलो| हमें भूख लगी है|'


रज्जो, 'अच्छा चलो, कहती हुई सोनू के साथ नीचे रसोई घर में जाकर खाना परोसने लगी|' तभी विवेक ने आवाज देकर कहा, 'सोनू! मुझे भूख नहीं है, मेरे लिए खाना मत परोसना|'


रज्जो बोली, 'सोनू बोल दो, खाना परोसा जा चुका है|'

सोनू दौड़कर पापा के पास गया, बोला, 'पापा, खाना तो परोसा जा चुका है|'

विवेक मन ही मन भर्राई आवाज में कहा, 'कल जब तुम्हारी मम्मी नहीं होगी, बेटा, तब क्या होगा? इसलिये भूखे रहने की आदत, उसके रहते डाल लेने दो|'

विवेक का मलिन मुख देखकर, रज्जो को ज्ञात हुआ, लगता है, कि मैं धीरे-धीरे ढाल की ओर चली जा रही हूँ| अगर यह गहरी खाई सहसा न आ पड़ती, तो मुझे अपने पतन का अनुभव ही न होता| वह अधीर हो उठी, और वहीँ रसोई घर में बैठकर ग्लानिमय नजरों से खाना को देखकर, विवेक के तस्वीर को सीने से लगाकर, फबक-फबककर रोने लगी| इस आलिंगन से उसे एक विचित्र संतोष मिल रहा था| ऐसा मालूम हो रहा था, विवेक अपने सीने से लगाए, उसे समझा रहा है, कह रहा है, 'रज्जो! मैं भले ही अकेला-अकेला जीता हूँ, पर इस अकेलेपन में, सदा तुम्हारे साथ होता हूँ, अन्यथा मैं अपनी शिकायतें किससे करता| इसी बीच, कई बार तुमको अपनी बाँहों में भर, तुमको प्यार किया, मनाया, मान जाने की मिन्नतें की| पर मैं अभागा, अपने दिल की देवी को मना न सका| इतना कहते विवेक की जुबान बंद हो गई, और आँखों से आँसू निकल पड़े'|

विवेक जेब से रूमाल निकाल अपनी आँख के आँसू पोछ रहे हैं| दूर खड़ी रज्जो ने जब देखा, उसे विवेक की आँखों में प्रेम सागर लहरें मारता हुआ दिखा| उसने विवेक की ओर सतृष्ण नेत्रों से देखा, तो उसमें क्षमा भरी हुई थी,मानो वह कह रही हो, मैं कितनी श्रद्धाहीन हूँ, कितनी जड़भक्त हूँ, तुम्हारे रूप और गुण का निरूपण न कर सकी| मेरी अभक्ति ने तुम्हारे विशुद्ध और कोमल हृदय को व्यथित कर दिया| तुमने मुझे अपनी सेवा और स्नेह से, धरती से आसमान पर पहुँचाया, और मेरी आँखों में पर्दा पड़ा रहा| मैं इतना गिर कैसे गया, तुम्हारे प्यार की कसौटी पर कभी खड़ा नहीं उतर सका| तुमसे अलग होकर, अब समझता हूँ, मेरी सारी आकांक्षाएँ दिल में ही दफ़न हो जायेंगी और मैं इस संसार से हताश और भग्न हृदय विदा हो जाऊँगा|


इतने दिनों तक रज्जो के हृदय में जो उसके इन्द्रियों ने निकृष्ट विकार उत्पन्न कर रखे थे, विवेक की मनोदशा को देखने के बाद, वे सब इस भाँति लुप्त हो गए, ज्यों उजाला अँधेरे को कर देता है| एक बार उसकी इच्छा हुई, विवेक के चरणों पर गिरकर अपनी गलतियों की क्षमा माँग लूँ| ज्यों कोई सन्यासी और तपस्वी को देखकर हमारे चित्त की दशा होती है, त्यों रज्जो के हृदय में स्वत: प्रायश्चित के भाव उत्पन्न हो गए| रज्जो को जिस प्रेरक ताकत की जरुरत थी, वह विवेक की आँखों से मिल गया, और एक बार फिर से उसे पहले की तरह जीवन का नया आदर्श समझ आ गया| वह स्वयं को विवेक के करीब पहुँचाने के लिए अप्राण चेष्ट करती हुई,

उस दिन की कल्पना कर रही थी, जब वह और विवेक एकात्मक हो जायेंगे| यह कल्पना रज्जो को अत्यंत दृढ़ और निष्ठ बना रही थी|

वह पुलकित हो गई, उस आनन्दमय जीवन का दृश्य उसकी कल्पना में सचित्र हो गया, और उस पर एक ऐसी नशा चढ़ गई कि वह पानी और शराब में अंतर नहीं कर पा रही थी| दया, धर्म, विनय से भरा आदमी प्रेम का स्वांग कैसे कर सकता है? अगर उनके दिल में ज़रा भी धोखा या अधर्म होता, तब उनका होना, हम सब के लिए कल्याणकारी कैसे होता| रज्जो इसी विचार में डूबी हुई थी कि किसी की ऊँची आवाज उसके कानों को झकझोर दिया| वह दौड़कर गई, देखी, 'सोनू की उँगलियों से लहू निकल रहा है, और वह जोर-जोर से, पापा को आवाज देकर बुला रहा है, रोते हुए कह रहा है, पापा! जल्दी आओ, मेरी ऊँगली कट गई है| मुझे दर्द हो रहा है'| जब तक विवेक पहुँचे, रज्जो आ गई| उसने जल्दी से डिटोल लगाई, बैंडेज की, और गोद में उठाकर बोली, 'बहुत दर्द कर रहा है?'

सोनू बोला, 'हाँ, पर पापा कहाँ हैं मम्मी?'

रज्जो, जैसे ही कमरे में जाने के लिए मुड़ी, देखी विवेक खड़ा है| उसने रज्जो की गोद से सोनू को अपनी गोद में लिया, और कहा, 'बेटा, मुझे माफ़ कर देना, जब तुम्हारे रोने की आवाज मेरे कानों

में पहुँची, मैं बाथरूम में था| जब तक तुम्हारे पास आया, तुम्हारी मम्मी पहुँच चुकी थी| क्या बेटा अभी भी दर्द कर रहा है?'

सोनू, होठ सिकोड़कर ऊपर को साँस खीचते हुए कहा, 'हाँ पापा, अभी भी दुःख रहा है|'

तभी बाहर बरामदे से झाँकती,अपनी पैनी नजर से देखकर रज्जो बोली, 'बेटा! आप बिलकुल झूठे हो| अगर दर्द हो रहा है, तो फिर बातें कैसे कर रहे हो| यहाँ तो रोना या बातें करना, दोनों में से कोई एक होगा न, दोनों तो नहीं हो सकता|'

रज्जो की बात सुनकर, सोनू जोर-जोर से रोने लगा, कहा, 'पापा! मम्मी झूठ बोल रही है| मैं नहीं, मेरा घाव तो अभी भी दर्द करता है|'

विवेक, सोनू के आँखों का आँसू पोछते हुए कहा, 'हाँ बेटा, आप सच बोल रहे हैं| पर कुछ लोग हैं, जो अपने दर्द को दर्द कहते हैं, और दूसरे के दर्द को ढकोसला!'

रज्जो, विवेक की बातों को सुनकर विस्मित हो गई, यद्यपि इसमें मौलिकता नहीं है, यह सोचकर, विवेक की इन बातों में रज्जो को

बहुत आनंद आ रहा था| उसने मन ही मन कहा, 'मेरी उम्र रोते-रोते ही क्यों न कट जाये, पर एक बार जिसे पति मान लिया, तो उसके लिए प्राण भी दूँगी| मेरे लिए यही क्या कम है, जो विवेक जैसा पति मिला, मैं इसी को अपना सौभाग्य समझती हूँ| यदि वे कहें तो मैं आज अग्नि के अंक में ऐसे हर्षपूर्वक जा बैठूँ, जैसे फूलों की शैय्या पर, यदि मेरे प्राण उनके किसी काम आये, तो मैं उसे ऐसी प्रसन्नता से दे दूँ, जैसे कोई उपासक अपने इष्टदेव को फूल चढ़ाता है|'

पर मैंने, कब उनके दर्द को दर्द नहीं समझा, जो वे सोनू के आगे, वाक्य-चातुरी करना चाहे, कि मैं दम्भी हूँ, घमंडी हूँ, जैसे खुद कितना बड़ा परोपकारी संत हैं| अगर हैं भी तो उसे जतलाने की क्या जरुरत थी? क्या उनको नहीं पता, सच्चा दानी, प्रसिद्धि का अभिलाषी नहीं होता, किन्तु इस मनन और अवलोकन से भी रज्जो का चित्त शांत नहीं हुआ| उसने एक बार, विवेक की ओर मर्माहत भाव से देखा, और अपने कमरे में चली आई, आकर खाट पर शोकावस्था में चुपचाप बैठ गई| बार-बार वह यही ख्याल करने की कोशिश करती रही, कि कब मैंने विवेक के दर्द को अपना नहीं समझी, और एक अभिमान भरी हँसी के साथ कही, 'सुकीर्ति मेरे भाग्य में ऊपरवाला लिखना भूल गया| ऐसे में मेरे लाख उद्योग भी सुकीर्ति नहीं दिला सकते|'

रज्जो की दशा उस समय उस पथिक सी थी, जो साधु भेषधारी डाकुओं के कौशल जाल में पड़कर लुट गया हो। वह उस पथिक की भाँति पछता रही थी, जो चलते-चलते जान बूझकर पगडंडी छोड़ दिया हो। रज्जो अक्सर स्वप्न में विवेक से मिला करती थी। आँखें खुलने पर उसकी मर्मभेदी बातें, रज्जो के कलेजे के पार हो जाती। विवेक के प्रेमाकुल नयन उसके हृदय को छेद डालता था। नित तय करती, आज की रात स्वप्न में जो विवेक आये, तो बोल दूँगी, 'मेरे हृदय-स्थल में व्यापक अंधकार छाया हुआ है, उसे आप अपनी व्यापक ज्योति से आलोकित कर दीजिये। फिर इस दीन-कल्पना से गद-गद होकर घंटों बैठकर रोती, रहती।'


पूस का महीना था। रज्जो के पास जाड़ा का कोई कपड़ा नहीं था। माँ के घर से तो वह कोई गर्म कपड़ा लाई ही नहीं थी। नित वह चादर ओढ़कर रात काटती थी। यहाँ भी कोई गरम कपड़ा बनवा नहीं पा रही थी। पर पूस के कड़कड़ाते जाड़े, कम्बल या लिहाफ के बगैर कैसे कटता, बेचारी रात-रात गठरी बनी पड़ी रहती। जब बहुत सर्दी लगती, तो बिछावन ओढ़ लेती। दिन ढलने लगता, तो रज्जो, रात के कष्ट की कल्पना से भयभीत हो जाती। मानो आज रात, अन्धेरा उसे निगल जाएगा। रात भर बरामदे में आ-आकर ऊपर आकाश की ओर देखती, कि सवेरा हुआ या, अभी सवेरा होने में कसर बाकी है।

एक दिन रज्जो बरामदे में खड़ी आकाश की ओर ताकती हुई, खुद को कोसते हुए कह रही थी, 'हे ईश्वर! अब और इस ठंढ को मैं नहीं सह सकती, कभी-कभी तो मेरी साँसें ऊपर की ऊपर ही रह जाती है| इस भीषण प्राण-वेदना से अच्छा होता कि मेरे जीवन का अंत कर दे|' यह कहते उसकी आँखों के दोनों कोनों से आँसू की बूँदें निकल कर, गालों पर आ ठहरी| अपने आँचल से आँसू पोंछकर, जैसे ही वह जाने के लिए मुड़ी, देखी, 'विवेक, उसका रास्ता रोककर खड़ा है| उसने बहुत कोशिश की, कि किसी तरह विवेक के बगल से निकल जाऊँ, पर विवेक इधर-उधर रास्ता रोककर खड़े हो जाते| आखिर में वह चिढ़ गई, और क्रोधित होकर बोली| क्या चाहते हैं आप?'

विवेक, दोनों हाथ जोड़कर बोले, 'कुछ नहीं, बस घर लौट आओ'|

रज्जो, तुनककर बोली, 'घर में तो हूँ'|

रज्जो की यह बात, विवेक को ज्यादा कठोर जान पड़ी, और अपने ही चिंतासागर से निकलकर अब इस शंका में डूब गए, तो क्या रज्जो की अप्रसन्नता मेरा भ्रम है, क्या मैं स्त्रियों के मनोभावों से सर्वथा अपरिचित हूँ| संभव है, रज्जो को समझने में, मैंने उतावलापन किया हो| पर यह कोई ऐसा अपराध तो नहीं था, कि रज्जो अब तक क्षमा नहीं कर सकी| मेरे दुस्साहस पर अप्रसन्न होना

उसके लिए स्वाभाविक था| कोई भी गौरवशाली रमणी इतनी सहज रीति से वशीभूत नहीं हो सकती| तो क्या वह अपनी उदासीनता और अनिच्छा प्रकट करने के लिए कठोरता का स्वांग भरना आवश्यक समझती है| शायद वह मेरी प्रेम-परीक्षा ले रही है, जो कि एक रमणी के लिए बड़ी कीमती चीज होती है| वह दो महीने से यहाँ रह रही है, मुझे जाकर उससे क्षमा माँगना चाहिए था| मैं जानता हूँ, क्षमा के बदले जी भर मुझे झिड़कती, मुझे दोषी ठहराती| पर, एक बार उसका वाक् प्रहार सह लेता, तो क्या होता? उसके सारे गुस्से जब निकल जाते, तो हमदोनों फिर से पहले वाली जिंदगी जी पाते| अभी एक साथ रहकर भी, हम साथ नहीं हैं|


विवेक, रज्जो के कमरे के बाहर इस भाँति खड़े थे, जैसे पथिक रास्ता भूल गया हो| उसका हृदय आनन्द से नहीं, एक अव्यक्त भय से काँप रहा था, यह सोचकर कि आगे क्या होगा? वे इसी जटिल चिंताओं में मग्न खड़े थे, कि रज्जो की नजर, विवेक पर पड़ी, वह उठकर बैठ गई और मूर्त्तिवत विवेक की ओर नजर से ताकती रही| उसमें यह पूछने की साहस नहीं बची थी कि पूछे, आप यहाँ इतनी रात गए कैसे? उसकी इस चैतन्यावस्था की सहयोगी, विवेक भी चुपचाप खड़े रहे| अचानक देखी, विवेक लौट जा रहे हैं| रज्जो के दिल में प्रेमोन्मत्त तरंगों की भाँति बार-बार उमड़ रहा था, वह अधीर हो चली थी,चाहती थी कि विवेक का हाथ पकड़कर रोक लूँ

पर उसकी दाह और संतोष, शान्ति का इच्छुक नहीं था| विवेक धीरे-धीरे चलकर, अपने कमरे में जाकर सोनू के साथ लेट गए| रज्जो के दिल की उठती हुई लहरें, अपने अभिमान के टीले को तोड़ न सकी, पर दिल के तटों को जलमग्न कर गईं|


एक दिन रज्जो, इस चिंतामय अवस्था का अंत करने के लिए, एक बार फिर से लौटकर माँ के घर जाने के लिए तय की| इधर विवेक सोचने लगे,अवश्य ही मेरा पतंग उड़ाना रज्जो को नापसंद है| इससे हार्दिक घृणा है नहीं तो मुझपर यह अत्याचार कदापि नहीं करती| अगर एक बार रज्जो मुझे पूछने का मौक़ा देती, तो मैं पूछता, 'रज्जो, आखिर तुम्हारी इच्छा क्या है? मगर, मैं इस तरह की मूर्खतापूर्ण बातें कर, अपने महामूर्ख होने का परिचय कई बार दे चुका हूँ| अब तो बस एक ही उपाय रह गया है, कि अपना मुख उसे कभी न दिखाऊँ| मैं हार चुका हूँ, पर दया उसे छूती नहीं, तो मैं क्या करूँ'? विवेक उठे और दरवाजा खोलकर, बरामदे में खड़ा होकर, उन फूलों को निहारने लगे, जो रज्जो के नित सेवा से लहलहा रहा था| अचानक, उसे किसी के पाँव की आहट सुनाई पड़ी, मुड़कर देखा, 'तो रज्जो अपने कुछ सामान के साथ जा रही थी|'


विवेक, एक बार चाहा कि जबरन रज्जो को जाने से रोक लूँ पर उसका हिम्मत साथ नहीं दिया| उसने मन ही मन कहा, 'ईश्वर! मुझे क्षमा करना, मैं ही इस प्रेम की मूर्ति का नाशक हूँ|'

सवेरा हो चला था, मगर शोकमय और भयावह सन्नाटा अभी भी आँगन में छाया हुआ था| रज्जो के सिसकने की आवाज जब सन्नाटे को चीरकर, विवेक के कानों में गई, उसका गला रूँध गया, आँखें भर आईं| इधर-उधर देखा तो रज्जो चिंतित नेत्रों से भूमि की तरफ नजर झुकाये खड़ी है और उसकी आँखों से दरिया बही जा रही है| वह कुछ बोलना चाही, मगर बोल न सकी| उसका चित्त उद्विग्न हो रहा था, उसे संतोष और पतिभक्ति ने एक नई उलझन में डाल दिया| यह तो विवेक को मालूम था कि रज्जो मेरे प्रस्ताव को सुगमता से स्वीकार नहीं करेगी| रज्जो के त्याग भाव ने उसे चूर कर दिया है|

विवेक मन ही मन कहा, 'रज्जो, मैं अपने दुर्भाग्य के सिवा और क्या कहूँ? तुम इतनी समीप हो, फिर भी हमारे बीच सौ कोस की दूरी है|'

रज्जो, मन ही मन कही, 'विवेक, यह तुम्हारा भ्रम है, काश कि ऊपरवाला नारी के चरित्र में रमणीयता और लालित्य के साथ पुरुषों का साहस और धैर्य भी भरा होता| विवेक, कैसे बताऊँ, इस घर में, हम साथ रहकर भी वियोग के दुःख को किस धैर्य के साथ सहते रहे| पर आपका एकांत निवास, मैं और नहीं सह सकती| यह सच है कि मैं तुम्हारे घर में रहकर भी तुमसे बोलती नहीं थी, पर आँखों से तुमको देखती तो थी| मगर आपने तो यह सुअवसर भी छीन लिया| विवेक, अपना धर्म तोड़कर, कोई प्राणी सुखी नहीं रह

सकता| आज के बाद मैं कितना खुश रहूँगी, बस ईश्वर ही बता सकता है| आप क्या जानें, एक नारी, पति बगैर, वह सूखी पत्ती है, जो हवा के झोंके से जमीं पर गिर पड़ती हैं, और छोटी सी आँधी, तूफ़ान बनकर अपने साथ उड़ाकर जाने कहाँ ले चला जाता है|‘ वह कुछ देर चुपचाप मूर्त्तिवत खड़ी रही, और एक ठंढी साँस लेकर दरवाजे से बाहर जाने लगी|

विवेक से कुछ पूछने या रोकने का साहस नहीं हुआ| इस दुर्नुराग ने उसका उत्साह भंग कर दिया| उन काव्यमय स्वप्नों का नाश कर दिया, जो आज सात साल से उसकी चैतान्यावस्था की सहयोगी बनी हुई थी| विवेक किवाड़ की आढ़ से रज्जो को जाती हुई देखते रहे| इस समय उसके हृदय पर क्या बीत रही थी, उसके सिवा कौन बता सकता था| उसकी प्रिया जो उसे अपनी जान से भी ज्यादा प्यारी थी| उसके सामने से भग्न हृदय, हताश चली जा रही थी, पर कुछ दूर जाकर रज्जो का सशंक पाँव इस तरह रुक गया, मानो

आगे कोई समुद्र हो| पत्नी धर्म पैरों को आगे बढ़ने नहीं दे रहा था| तो प्रेम, उन्मत्त तरंगों की भाँति बार-बार उमड़ आ रहा था, मगर धर्म के शिलाओं से टकराकर लौट आता था| अचानक धर्म ने ललकार कर कहा, 'रज्जो, प्रेम नश्वर है, निस्सार है| कौन किसका पति, और कौन किसकी पत्नी| यह सब मायाजाल है, इससे निकल चलो|' मगर सीढियों से उतरते वक्त रज्जो के पाँव लडखडा गए और वह गिरकर मूच्छिंत हो गई|

अपने चित्त की परीक्षा देने के लिए महीनों से तैयार बैठा विवेक ने जब रज्जो को गिरा देखा, उसके हाथ-पाँव ढीले पड़ गए| वे द्रुतगति से दौड़कर गए, रज्जो को उठाकर अपनी गोद में लेकर कमरे में लाकर बेडपर लिटा दिये, इस इरादे से कि, कुछ देर विश्राम करेगी, तब सब ठीक हो जायेगा| थोड़ी देर बाद जब रज्जो का चित्त शांत हुआ, उसने आँखें खोलीं, विवेक की गोद में खुद को देख शर्मा गई, पूछी, 'मैं यहाँ कैसे?'

विवेक उसका हाल देखकर कुछ जवाब नहीं दिया| उसने देखा, 'रज्जो का चेहरा पीला पड़ गया है, होठों पर पपड़ी छाई हुई है, आँखें सूज आई हैं| वदन पर गहने का नाम भी नहीं है| चूड़ियाँ गिरने के कारण, सब टूट चुकी हैं| लम्बी-लम्बी साँसें ले रही है| वह चिंता, उदासी और शोक की प्रत्यक्ष स्वरूप मालूम होती है|' विवेक डर गए, उसके मुँह पर ठंढे पानी का छींटे मारकर बोले, 'तुम गिर गई थी, अब कैसी हो?'

सुनते ही रज्जो का दिल उमर आया, और वह फूट-फूटकर रोने लगी| विवेक ने उसे एक छोटे बच्चे की भाँति अपने सीने से लगाकर कहा, 'रज्जो, मुझे अकेली छोड़कर कहाँ जा रही थी? क्या तुमको मालूम है कि, मैं तुम्हारे बगैर ज़िंदा नहीं रह सकता| विश्वास न हो तो आजमा कर देख लो!'

रज्जो कुछ जवाब न देकर, विवेक की ओर श्रद्धा की दृष्टि से देखी, और मन ही मन कही, 'विवेक तुम्हारा हृदय इतना पवित्र है| मैं आज तक समझ क्यों न सकी? अब तक जो मैंने तुम्हारा स्वरुप देखा, उसमें तुम सदा ही कर्त्तव्यहीन और लापरवाह दिखे| इतना शुद्ध, निर्मल अंतःकरण की झलक पहले मिली होती, तब आज का दिन आता ही क्यों?'

विवेक डरी हुई नजरों से रज्जो को पूछा, 'रज्जो! तुम मुझमें तब से क्या देख रही हो? यही न, कि मेरा पति कितना मुर्ख और लापरवाह है| तुम्हारी सोच बिलकुल सही है, पर तुम यह नहीं जानती, प्रेम की प्रगति, जल के प्रवाह की भाँति है| जो थोड़ी देर के लिए रुक जाये, पर अपनी गति बदल नहीं सकती| मैं कल भी तुमको अपने प्राण से बढ़कर चाहता था, आज भी चाहता हूँ, और मरकर भी चाहूँगा| मैंने जो अनजाने में गलती की, उसका सबक मुझे मिल गया, अब माफ़ कर दो|'

रज्जो, प्रेम कृतग्य नेत्रों से विवेक की ओर देखी, पाई, 'यह कहते विवेक की आँखों से आँसू टपक-टपककर गिरे जा रहे हैं|' रज्जो, विवेक को रोता देख, अपना सारा दुःख भूल गई, और उठकर अपने आँचल से उसका आँसू पोछने लगी| रज्जो का प्यार पाकर, विवेक का चेहरा गुलाब की तरह खिल उठा, मानो बुझते दीपक में तेल पड़ गया हो| उसकी नजर अचानक घड़ी पर पड़ी, सुबह के आठ बज चुके थे| किन्तु अभी तक चारो ओर कोहरा छाया हुआ

था| लोग जगह -जगह अलाव के पास बैठे हुए हैं| विवेक सकुचाते हुए बोले, 'रज्जो, आज तो सुबह होने का नाम नहीं ले रहा| दिन के आठ बज चुके हैं, पर अंधेरा तो इस कदर बरकरार है, मानो रात हो| ऐसे में रोजमर्रा का काम संभव नहीं, तुम्हारी भी तबियत कुछ ख़ास ठीक नहीं है| इसलिये कुछ देर आराम कर लो, बाद देखेंगे|'


विवेक के भाव में कितनी नम्रता, कितना विश्वास, पर उसमें वह हर्ष नहीं था, जो उसकी कल्पना में थी| उसका शासित, दलित पुरुषत्व, प्राकृतिक रूप में प्रकट नहीं हो रहा था| कभी इन शब्दों में पुरुष कल्पना को जो आनंदप्रद उत्तेजना मिलती थी, उसे हरे-भरे पत्तों में रूखी-सूखी सामग्री लग रही थी| मगर विवेक की कोमलता, उसके हृदय पर फाहा रख दिया| महीनों से स्नेह, तृष्णा, किसी प्यासे पक्षी की भाँति, जो सरोवर तट पर रहकर भी, प्यासी रहती आ रही थी| स्नेह की शीतल छाया देखकर विश्राम और तृप्ति के लोभ में, विवेक के शरण में पहुँच गई| यहाँ शीतल छाया ही नहीं थी, जल भी था| अगर पक्षी यहाँ नहीं रम सके, तो फिर कहाँ जाये!


रज्जो के साथ, बातें करते-करते विवेक के दिल में एक नई स्फूर्त्ति का संचार होने लगा| होता भी कैसे नहीं, रज्जो का प्रेम प्रोत्साहन का साथ जो मिला, उसका मन मयूर जो इतने दिनों तक संकुचित पड़ा था| रज्जो के प्रेम का आश्रय पाकर प्रबल और उग्र हो गया| अब तो जो अपनी भी रक्षा नहीं कर पा रहा था, वह रज्जो के प्रेमस्रोत से सिंचित होकर, ऋषि के उस वरदान की तरह आप

भिक्षा माँगकर भी दूसरों के ऊपर विभूतियों की वर्षा कराता है| उसने रज्जो के मनोभावों की थाह लिए बगैर, अपने सीने से कसकर लगा लिया, कहा, 'रज्जो, जो चीज अपनी हो, उसे पाने के लिए भिक्षा माँगना, मैं अपने आत्म-सम्मान के लिए घातक समझता हूँ| तुम क्या सोचती हो?' रज्जो, बिना सोचे-समझे कह दी, 'मैं भी यही सोचती हूँ|'